理查三世畫像 Richard III

現存於國家畫廊。畫家不詳。

一生中沒有失敗作品的大師

約瑟芬·鐵伊

Josephine Tey

時間的女兒

THE Daughter OF Time

丁世佳◎譯

「真相乃時間之女。」——古諺

《時間的女兒》媒體評論

推理小說已經存在百年之久，至少早在一九〇五年，評論家就提出，任何能想得到的變化都已經出現，而形式也注定變不出新花樣。

但是，每年都會有新的發現，證明真正有原創的天才之士，可以翻新任何一種形式，雖然平庸可能才是一般人接受的作品……《時間的女兒》是推理界恆久的經典作品之一……沒有太多作品可以超越它。——安東尼．鮑查（美國科幻、推理小說編輯、作家、評論家），一九五二年《紐約時報》

不只是年度推理之最，更是經典推理之作！——桃樂西．休斯（美國推理小說作者、評論家）

這部小說一推出即大獲成功，五十年來始終穩定再刷出版，讀者讚美有之、咒罵有之，取決於他們怎麼看待理查三世這個飽受爭議的人物，不過這部作品仍以其獨特的原創性、巧妙和人性廣受歡迎。

單就技術層面而言，這是一部推理小說。故事的主人翁是亞倫．葛蘭特（除非有人認為是理查三世），一個蘇格蘭警場的探長，也是鐵伊作品中時常出現的人物。眾口鑠金之下，懸疑開始產生，其中有不少意外的轉折。鐵伊擅於此道。但《時間的女兒》應當被視為文學小說，而不只是個推理故事。如此看來，它卓然超群。——Jonathan Yardley，《華盛頓郵報》

《時間的女兒》要談的是，多數我們認知的歷史，如何被人竊占了。至少它讓讀者去質疑歷史，而不是接受。——舟・沃頓（著名科幻小說家），Tor.com

鐵伊的風格與創造奇怪角色的本領，是推理界最上乘。——《紐約客》雜誌

我們絕對可信賴鐵伊筆下的一個個故事具有原創性和懸疑感，人物有趣且結局難以預測。——Spectator

多數人都會認為《時間的女兒》是部有趣與迷人的作品，且在好一段時日之內都不會改變這個想法。——Observer

意外的轉折與極為嫻熟的敘事，構成了這部懸疑故事……高度可信且有說服力。——Spectator

與眾不同的偵探故事。獨創、令人刺激、也讓人享受。——Sunday Times

上等的懸疑故事，布局嫻熟，文筆優美。——《洛杉磯時報》

真是一流之作……驚喜不斷。——Times Literary Supplement

時間的難產與不孕[1]

唐諾

我認得一位聰明驕傲的朋友，偏愛所有動腦鬥智的遊戲，包括電腦踩地雷遊戲最快紀錄87秒，卻始終不看推理小說，有回，他聽我們眾人高談闊論推理小說煩了，撂下一句狠話，「我這輩子所知道最好的推理小說，是余英時先生的《方以智晚節考》。」

好傢伙，拿一代歷史大家的著作來修理人，這當然是極沉重的一擊。

還好，我並沒有忘掉一個名字：約瑟芬．鐵伊。

我的回答是，「那你應該看一本英國的推理小說，叫《時間的女兒》，這部小說講的是一名對人的長相有特別感受的蘇格蘭場探長，他因為摔斷腿住院，哪裡也不能去，只能老實躺在病床上，卻因此偵破了一樁四百年前的謀殺案：英王理查三世，究竟有沒有派人暗殺掉據說被他禁在倫敦塔的兩名小姪兒，好保住他的王位——」

時間的女兒，*The Daughter of Time* 這個書名出自一句英國古諺：Truth is the daughter

1 本文原出自一九九八年臉譜出版社之《時間的女兒》一書導讀，徵得作者唐諾先生同意後，文中提到的人名、地名、引文，以及部分內容因應新版譯本而有所調整。

of time. 意思是時間終究會把真相給「生」出來，水落石出，報應不爽。

推理史上第一奇書

約瑟芬·鐵伊，是古典推理最高峰的第二黃金期三大女傑之一，但走的路子和與她齊名的阿嘉莎·克莉絲蒂、桃樂絲·榭爾絲大大不同，鐵伊毫不掩飾她對那種不斷複製、下筆如流水的討好讀者作品的厭惡，克莉絲蒂一生出書近百種，榭爾絲也達五十。但鐵伊一輩子只寫八本推理小說，本本俱在水準之上——否則她如何能以一敵十，和大產量的克莉絲蒂和榭爾絲並駕齊驅？

其中最特別的是這本《時間的女兒》。

老實說，出版這本書，只能說是作為編輯人的宿命和任性。宿命是說，你很難不出版它，否則你會像哪件該做的事沒做好一樣，睡覺都睡不好——《時間的女兒》在推理小說史上是一部絕對空前也極可能絕後的奇書，不只因為它到今天為止仍被美國推理作家協會集體票選為歷史推理的第一名作品（第二名是安伯托·艾可的響噹噹名著《玫瑰的名字》），而是因為它雄大無匹的企圖、寫作方式及其成果。

一般而言，歷史推理所做的仍是虛擬的演繹方式，借用歷史的某一個時段、人物、傳說或事件材料，作家丟進一則犯罪故事，試圖由此產生化學變化，好碰撞出不同趣味的火花，但《時間的女兒》不是這樣，它不躲不閃不援引「小說家可以虛構」的特權，正面攻打一則幾乎不可撼動達四百年的歷史定論，比絕大多數的正統歷史著作還嚴謹還磊落。

這需要膽識，膽子＋學識——有造反的膽子不夠，還要有足夠支撐的豐碩學識。

而出版此書所以說基於編輯人的任性，原因在於，我個人實在不相信台灣的推理迷準備好了讀這樣一本書——讓我學習鐵伊的膽量，有話直說，這些年來，台灣的推理迷泰半習於也安於清楚模式化、輕飄飄表達方式的日本推理小說，《時間的女兒》無疑是密度太高、太嚴重的作品，它不像坊間日式推理，只要求讀者幾小時無所事事的時間而已，還包括謙遜的閱讀態度、細膩的思維、高度的文學鑑賞力以及基本的英國歷史認識。鐵伊不是會討好讀者、侍候讀者的寫作者，《時間的女兒》尤其箇中之最。

這部奇書比較像推理大海中的瓶中書，寫給茫茫人世中的有緣之人。

歷史交代

好，《時間的女兒》到底挑起了怎麼樣的烽火？簡單說，它挑戰了英王理查三世在英國歷史上永恆邪惡象徵的四百年定論，如果鐵伊是對的，那數百年來所有英國人求學生涯所唸的歷史教科書裡的記敘將完全是胡說八道：被英人譽為聖人、撰寫過不朽名著《烏托邦》、至今仍被認定是英史第一良相的湯瑪士．摩爾，在此事件中將成為是非不明的老糊塗蛋，或更嚴重，成為為諂媚君王亨利七世而不惜歪曲歷史的小人；而曠世大文豪莎士比亞依據摩爾《理查三世史》所書寫的名劇《理查三世》，則是一齣廉價可笑的大鬧劇。

事情大了。

往下，我們交代一下歷史背景，這滿困難的，因為一來這段歷史糾結盤纏，其次英國這些王公貴族為小孩取名字又沒什麼想像力，永遠在亨利、理查、愛德華、伊莉莎白、瑪格莉特這幾個有限名字打轉，亂上加亂，我們試試看有沒有辦法講來簡明扼要，如果不能，那就抱歉請大家自行翻閱一下史書了。

時間大約在十五世紀中，由於在位的英王亨利六世一直有精神上的疾病，無法續任國王職位，大權握於王后瑪格莉特（原法國公主）手中，遂爆發王位的爭奪大戰，交戰雙方分別是南方偏向平民大眾的約克黨，和北方以諸侯貴族為主的蘭開斯特黨，這場征戰持續約三十年，由於約克軍以白玫瑰為記，蘭開斯特軍以紅玫瑰為記，所以歷史上稱之為「玫瑰戰爭」。

一四六一年三月，在陶頓一地發生一場決定性的會戰，是役約克軍大勝，英國王位遂正式落入約克家愛德華四世手中，是為約克王朝的開端。

愛德華四世登基時年僅十九歲，是原約克公爵的兒子，他的父親和大弟在征戰中敗死，並被蘭開斯特軍梟首高懸城牆之上，底下還有兩位弟弟，老三是耳根奇軟、後來叛亂被監禁而死的喬治，最小的理查就是日後鼎鼎大名的理查三世。

相傳愛德華四世高大英挺但頭腦簡單，極好女色，他登基後不顧皇家的娶妻慣例，瘋狂愛上一位原蘭開斯特黨爵士約翰・格雷的寡婦伊莉莎白，伊莉莎白是英史上有數的絕色美女，在和愛德華四世結婚成為王后前已生有二子，婚後，他替愛德華四世又生了兩個男孩（即相傳被理查三世害死的塔中王子）和五名女兒。

愛德華四世在位二十二年，但玫瑰戰爭並未真正落幕，蘭開斯特餘黨結合法國的力量仍不時作亂，朝中亦不乏原蘭開斯特黨徒蠢蠢欲動。其中最嚴重的一回起於愛德華四世的表親沃瑞克公爵，沃瑞克公爵是幫約克家打天下的功臣，他本欲將女兒嫁予愛德華四世好為王后，一計不成後轉而將女兒伊莎貝爾嫁給喬治，並說動喬治結合蘭開斯特黨奪取他哥哥王位，一度成功的將愛德華四世逼出倫敦，後來靠著理查潛入敵營，說動他三哥反正，同時也是靠著這位當時年僅十八歲的理查領軍，在倫敦近郊的巴納特大會戰中再次擊潰沃瑞克公爵、蘭開斯特黨和法蘭西聯軍，這場亂事才化險為夷。

一四八三年酒色不斷的愛德華四世病逝，此時長子愛德華五世才十三歲，次子李察十一歲，因此遺命由弟弟理查（這個理查是理查三世）為護國主。然後，依英國傳統歷史的記載，大權在握的理查忽然變身了，由戰功彪炳且敬愛兄長的國之棟梁，露出猙獰的面目，搖身成為往後四百年英國人人耳熟能詳的「駝子」、「血腥者」、「凶手」、「怪物」……等等英文辭典中所有髒名詞的總匯，他的罪狀大致可歸納為：

1. 指控哥哥愛德華四世和王后伊莉莎白的婚姻不合法，以剝奪姪子愛德華五世的繼承權，竊占王位。

2. 拔除保皇的海斯汀勳爵等三位重臣，並下令將愛德華四世晚年的情婦珍．雪爾遊街示眾。

3. 為去除愛德華四世一脈的合法性，公開指稱哥哥愛德華四世和喬治兩人並非他父親約克公爵的親生子，破壞自己母親的名節。

4. 最罪大惡極的，他派人謀殺了倫敦塔的兩名小王子。

這個罪大惡極的理查三世在位只兩年。一四八五年，後來成為都鐸王朝開創者亨利七世的亨利．都鐸，糾集蘭開斯特軍，並在法蘭西王傾力支持下，和理查三世會戰於博斯沃斯，在這場著名的大戰役中，理查三世的大將史坦利倒戈，約克軍大敗，理查三世死於沙場，正式結束了約克王朝，也正式結束了玫瑰戰爭。莎士比亞的《理查三世》一劇的高潮戲便是這場約克家最後一役，他描寫會戰前一夜理查三世夜不成眠，為幻覺（或他害死人的鬼魂）折磨幾近瘋狂，戰敗後又懦夫般高喊要用王國換一匹馬逃走，極盡肥皂劇之能事把理查三世徹底打入萬劫不復的惡人地獄。

所謂的東尼潘帝

這裡，我們可能有個疑問，如果疑點真如鐵伊所言之多，即使這段歷史的記敘，相傳出自後來都鐸王朝的聖人摩爾手中，一般人信之不疑，難道就沒有某些個「不因人舉言」的清醒史家發現不對勁嗎？就沒有人訝異過理查三世遽然且近乎不合理的轉變？沒有人注意到理查對敵手的寬宏？沒有人察覺他治下的英國政績斐然？四百年來的千千萬萬英國人全瞎了眼不成？

這點鐵伊非常光棍，她沒在小說中假稱葛蘭特探長是驚天動地的世紀新發現者（小說有權如此也不難做到），相反的，她讓葛蘭特和協助他的年輕美國人布藍特在追案過程中清楚找出來，原來每一個世紀都曾有不同的學者跳出來質疑此事。由此，遂令《時間的女兒》一書除了驚悚尋找真正的歷史凶手而外，轉入另一層更沉重更感傷的陰黯歷史死角。

書中，葛蘭特（鐵伊）提出一個名詞叫「東尼潘帝」。葛蘭特解釋，這原是南威爾斯的一處地名，傳說一九一〇年溫斯頓．邱吉爾擔任英國內政部長時，曾派遣軍隊血腥鎮壓當地罷工抗議的礦工，並開槍掃射，這個地名遂成為南威爾斯人的永恆仇恨象徵。然而，事實的真相是，當時派去維持秩序的是首都紀律嚴明的警察，除了雨衣什麼武器也沒帶，所謂的流血事件也只是在場有一兩個人流了鼻血而已。葛蘭特說，「重點是當時每一個在場的人都知道那個故事是胡說八道，但從來沒有任何人反駁。現在已經沒辦法翻案了。一個完全不實的故事變成了傳說，知道實情的人卻只袖手沉默。」

鐵伊並沒只抓著東尼潘帝這單一事件無限上綱，試圖以一個荒謬特例來指控歷史整體；相反的，她通過葛蘭特和布藍特的交談，或與表妹蘿拉的通信，不斷發掘出更多的東尼潘帝來。其中，布蘭特提出美國獨立戰爭前的波士頓大屠殺，說歷史真相不過是一群暴民向英軍崗哨扔石頭，總計死了四個人而已；蘿拉提供的蘇格蘭殉教事件甚至更精采，該地有兩方大紀念碑，鐫刻著一則動人的聖潔傳說，紀念兩位殉教投水而死的偉大女性，然而當時在地的人誰都曉得，文件紀錄也清楚登載，這兩位了不起的女士既不是殉教者，也根本沒淹死，她們因通敵叛國被起訴，而且獲緩刑安然無恙。

同樣的，知道實情的人一致閉口不言，聽任虛假的傳說流傳，直到當時活著的人全部死去，留下堅強的傳說和更堅強的石碑，成為該地的驕傲和觀光賣點，至此，結論簡單的打上了句號。

如此，鐵伊讓我們進一步曉得，東尼潘帝不是歷史的偶然特例，它更可能是歷史傳聞鑄造過程某種遍在的方式。

如果我們以為鐵伊所說東尼潘帝的概念，指的是古遠淹渺，甚至無文字無歷史記載的時代，如古希臘荷馬神話或如中國的堯舜禹三代，遂教真相考無可考的歷史概歎和無奈，那我們可能就徹底錯解了鐵伊的不平和憤怒了，鐵伊在《時間的女兒》書中指出的種種東尼潘帝，悉數是中世紀以降、甚至近在手邊的當代史例子。換句話說，不是因種種外在限制讓人們無緣看到或找到真相，而是目睹真相的人因奇奇怪怪的心思閉口不談，有機會後來聽到或找到真相的人選擇避開或掩耳不信。書中，蘿拉在那封貢獻了蘇格蘭女殉教者東尼潘帝的信函附言中，講了一段關愛也深沉的話，「你跟別人說某個傳說不是真的，告訴他們事實的時候，他們通常都會生你的氣，而不是怪造謠的人。真是奇怪。他們不想破壞自己的成見。我覺得不知怎地這會讓他們不安，他們討厭這樣，所以拒絕聽實話，而且不願意去想。如果他們只是覺得無所謂的話，那這種反應很自然而且可以理解。但是他們的感覺強烈得多，積極得多。他們惱羞成怒了。很奇怪吧，對不對。」

「起向高樓撞曉鐘，不信人間耳盡聾。」這兩句豪勇的詩句，仔細想來其實憂傷無比。如果我沒意會錯誤的話，不信世人皆聾只是一份不服輸的信念，是起身搏命一擊，這兩句詩透露的客觀事實是，我雖然不信，但長久以來他們都聾了。

時間為萬物之母

從鐵伊的東尼潘帝，我們會想到，時間，其實是個麻煩的母親，她會不孕，她會難產，當她生產時，所生的並不只有一個名叫「真相」的獨生千金而已，她還生出更多各式各樣奇奇怪怪的女兒來。

所以事情清楚了，鐵伊取這個書名，又在扉頁引述那句古諺，絕不是歡欣的發現更不是堅實的證言，這是反諷。

了解鐵伊是反諷，大家哽在喉嚨裡、急欲追問的這個問題其實也就可以不必要問了：《時間的女兒》一書，從一九五一年擲地如金石出現至今，是否幫理查三世平反了惡名？改寫了教科書上這段歷史記載？

答案當然是沒有。今天，英國的小學生仍得戰慄地聽塔中王子的舊版本，這兩個可憐的男孩如何被壞叔叔害死：這個壞叔叔是駝子，是凶手，是血腥者，是怪物，是喪心病狂……我們外國人旅遊泰晤士河畔的倫敦塔，導遊書上提醒你看的仍是這個陰森森的謀殺現場——我們說過，改變理查三世這則大東尼潘帝代價太昂貴了，要翻掉整整四百年，還要命地包括兩名歷史上的不朽巨人：湯瑪士·摩爾和威廉·莎士比亞。

從一幅畫像開始

然而，《時間的女兒》也不是完全徒勞的一件事，鐵伊至少勇敢且大聲的把她相信的結論再說了一遍，再一次催生歷史的真相。說來好玩，也由於《時間的女兒》一書在推理史的不朽地位，倒使得歐美的老推理迷成為這星球上站理查三世這邊密度最高的一組人——是，時間不會自動生出真相來，她只提供機會，讓人不絕望而已，你得努力幫她催生。

腦袋清晰縝密但也文筆漂亮的鐵伊，在這部宛如一流歷史學術著作的小說中，唯一使用到小說家特權的部分是，她讓整個探案開始於葛蘭特不小心看到這幅畫像副本，他對人長相的奇特感覺，令他無法相信畫像中人是冷血變態的凶手，他把畫像拿給出入病房的醫生、護士、管家、部屬、女友等每一個人看，每一個人都提出一己不同的有趣感受，只除了一點，沒有人認為其中有任何一絲邪惡的氣息。

腿傷只能盯著天花板的葛蘭特，遂因此決意探入這樁四百年前的謀殺案。

而出版社也決意將這幅理查三世的畫像印上封面，幫葛蘭特詢問更多人看這畫的感受，然後，歷史上最了不起的探案開始了——

時間的女兒[2]

詹宏志

歷史考證與偵探辦案

好的史學家必須是好的偵探，因為他必須窮理如斷案，且讓我先引一段胡適之先生的話：「歷史的考據是用證據來考定過去的事實。史學家用證據考定事實的有無、真偽、是非，與偵探訪案、法官斷獄，責任的嚴重相同，方法的嚴謹也應該相同。」（〈考據學的責任與方法〉，收入遠流版《胡適之作品集》第十五冊頁一七三。）

但好的偵探是不是好的史學家？在大部分的時候當然看起來不太像，至多他們只是個「專門史」的專家（譬如福爾摩斯是個犯罪史的專家），但也有例外，今天要介紹的《時間的女兒》（*The Daughter of Time*, 1951）是推理小說史上的一個異數，小說中的主人翁蘇格蘭警場警探亞倫・葛蘭特（Alan Grant），就以他偵探訪案的鍥而不捨，破解了英國歷史上的一樁大公案，成了一場史學考證（以及偵探辦案）的示範演出。

2 本文原出自遠流出版社「謀殺專門店」系列《時間之女》一書的導讀，徵得作者詹宏志先生同意後，文中書名、作者名、主角名和西諺引文均因應新版譯本有所調整。

偵探辦案與歷史考證，的確有許多相像的地方。法國「年鑑學派」創始人史學家布洛克（Marc Bloch, 1886~1944）在他未完成的名作《史家的技藝》（*The Historian's Graft,* 1953）的書尾就說：「在歷史研究裡，一如在其他地方，原因是不能事先設定的，我們得去尋找……」偵探緝凶的工作當然也就是布洛克所說的「其他地方」，我們也不能事先設定凶手、經過和動機，偵探也必須劍及履及到處「去尋找」。

偵探尋找事實真相的方法，「活的證據」或「死的證據」，口供或目證，指紋或血型，彈道或傷痕，無一不是偵探用來相互比對，逐條推敲的對象。歷史學尋找原因的方法何嘗不是？書面記錄、遺老口述、地下文物，無一不是用來相互參證、校讎勘誤的手段。胡適認為古代中國知識份子是從偵探方法上學到了史學考證的方法，因為當時科舉制度下進士登第之後，多半先分發到各縣去做主簿縣尉，從事的就是判斷獄訟的工作。考據學發展之初，實驗科學尚未發達，文人聽訟折獄的經驗是養成考證方法最好的訓練。中國古代考證學者常用的名詞，如「證據」、「左證」、「左驗」、「勘驗」、「推勘」、「比勘」、「質證」、「斷案」、「案驗」，無一不是刑名訟獄的司法名詞，考證史學家與福爾摩斯本屬同一種特殊行業，由此又得一「左證」，不是嗎？

正是因為史學考證與偵探辦案的微妙相關性，推理小說史上就有一部奇妙的作品，巧妙地把兩件事結合在一起。這部作品就是英國女推理小說家約瑟芬・鐵伊（Josephine

Tey, 1896~1952）登峰造極之作《時間的女兒》，也是迄今歷史推理小說難以逾越的高峰。約瑟芬．鐵伊不僅利用了真實歷史材料做為推理小說的題材，更利用了推理小說做了一件「學術論文」該做的事，她蒐集考證資料，完美地「推翻」了一個眾人熟知的歷史知識。

塔中王子與邪惡叔叔

約瑟芬．鐵伊推翻了什麼歷史知識？那就是每個英國小孩都在教科書上讀到的理查三世（Richard Ⅲ, 1452~1485）「殺姪篡位」的故事。理查三世是愛德華四世的弟弟，愛德華四世死後，王位本應由他的兒子繼承，但史上記載理查三世把哥哥的兩個小孩幽禁在倫敦塔中，並殘酷地謀害了兩位王子，篡奪了王位。這惡血淋淋的宮廷鬥爭故事，加上陰森森的倫敦塔實景，使這個歷史故事成為英國小孩的夢魘，也使理查三世成為邪惡、殘忍的代名詞。但推理小說家約瑟芬．鐵伊透過偵探之口，石破天驚地說，兩位天真無邪的小王子不是理查三世殺的，理查三世是被誣陷的人；理查三世是個可憐的人，而不是可怕的人，是一位「被害者」，而不是「加害者」。

查出誰是凶手，誰是冤枉，當然是偵探的工作，但偵探「正事」不做，跑去辦起幾百年前的謀殺案到底是為了什麼？

原因是我們的大偵探緝盜追凶受了傷，躺在醫院裡病床上百般無聊，女友送一些畫像卡片給他消遣（大偵探愛看人像，這是他的職業病還是他的技能訓練？），一張憂愁的臉引發了他的興趣，不料這張畫像畫的竟是公認史上最邪惡的凶手理查三世，大偵探葛蘭特對自己的「失眼」感到吃驚，他一向以觀察力自豪，這一次怎麼會這麼離譜？錯把凶手看成了受害人？

大偵探不是歷史學者，但他是一位名副其實的偵探，他有一套了解真相的方法，他詢問（他問來查房的醫生該畫像人物的身體狀況）、他閱讀、他推想，一路苦苦追索，和許多偵探小說的案情一樣，真相有時和原來大家的了解相去甚遠，這件歷史事實的真相也和一般人的常識印象極不一樣，經過多日「病床」上的辦案，葛蘭特以他偵探對犯罪形成的了解，「發現」了另一個歷史重建的架構；他發現，理查三世的確是位冤枉的嫌犯，真凶另有其人，扭曲歷史事實的幫凶也確有其人（一位在歷史上享有崇高道德形象的人物），犯罪背後總是隱藏著另外的理由……基於推理小說迷的傳統美德，我在這裡不能透露結局，免得壞了你閱讀的樂趣；但我應該指出，布洛克說歷史是找出詐欺者與詐欺理由的學科，在這個故事裡讓我們體會良深。

推理小說做了歷史論文該做的事，對小說而言當然是一種「奇趣」（curiosity），但對歷史論文而言卻不能免於「專業警探被業餘偵探比下去」的尷尬。好在推理小說家十分厚道，在小說中安排了一位年輕的美國研究者，向葛蘭特解釋過去三百五十年史學界對這個問題的研究成績，史學界本來也幾乎破了案，只是方法與葛蘭特大相逕庭而已。小說家自知撈過了界，在小說中讓史學界保留了面子，也算是美事一樁。

聰明博學的小說家，巧妙地結合了歷史知識和推理寫作，創造了一個「以虛破實」的神來之筆，這種機緣或許是可一不可再的。我們除了讚嘆小說之奇之巧，恐怕是不能奢望「再來一個」；小說家也有自知之明，她利用研究者之口細數了歷年來的學術發現，其實就是自承「來歷」（她的小說突破也正是利用了前人努力）。小說命名《時間的女兒》，用的是西諺的典故：「真相乃時間之女。」（Truth is the daughter of time）時間將一步步揭開真相，「時間」何所指？指的就是世世代代接續的努力吧。

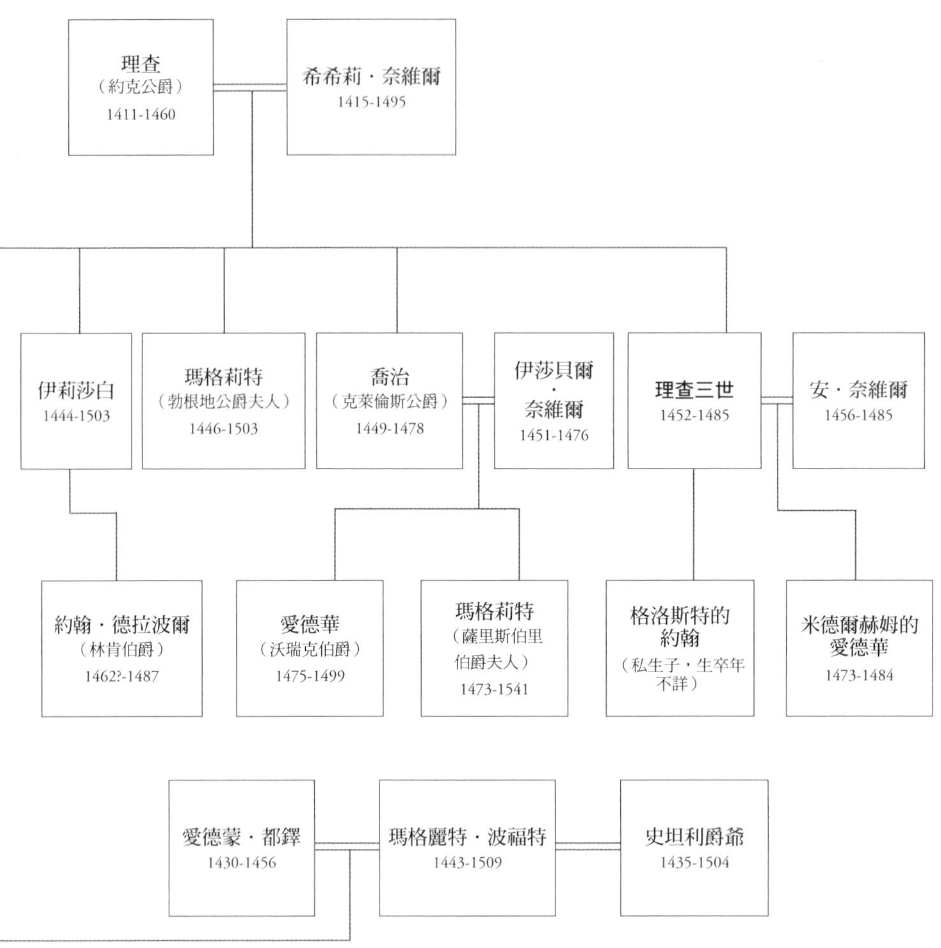
理查
（約克公爵）
1411-1460
希希莉・奈維爾
1415-1495
伊莉莎白
1444-1503
瑪格莉特
（勃根地公爵夫人）
1446-1503
喬治
（克萊倫斯公爵）
1449-1478
伊莎貝爾
・
奈維爾
1451-1476
理查三世
1452-1485
安・奈維爾
1456-1485
約翰・德拉波爾
（林肯伯爵）
1462?-1487
愛德華
（沃瑞克伯爵）
1475-1499
瑪格莉特
（薩里斯伯里
伯爵夫人）
1473-1541
格洛斯特的
約翰
（私生子，生卒年
不詳）
米德爾赫姆的
愛德華
1473-1484
愛德蒙・都鐸
1430-1456
瑪格麗特・波福特
1443-1509
史坦利爵爺
1435-1504

主要人物表

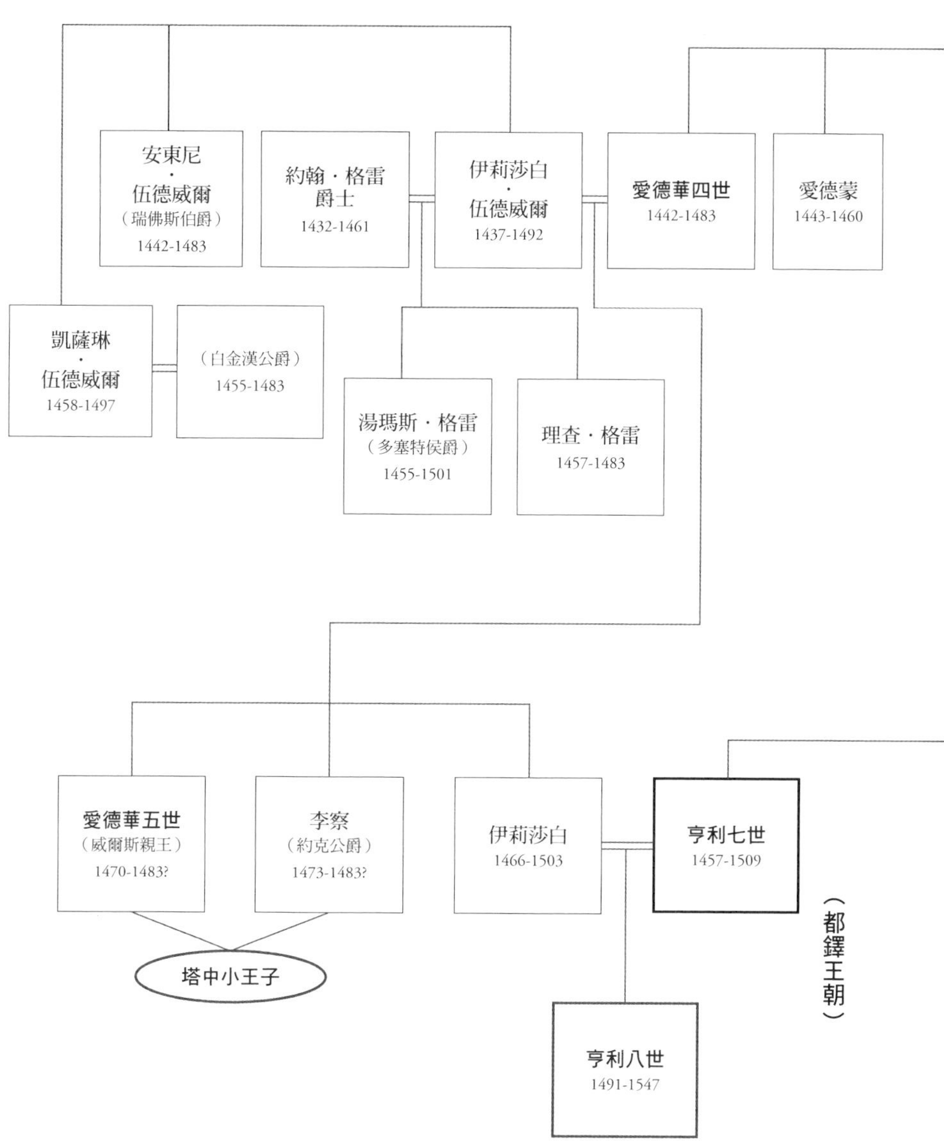

婚姻
子女
安東尼・伍德威爾（瑞佛斯伯爵）1442-1483
約翰・格雷爵士 1432-1461
伊莉莎白・伍德威爾 1437-1492
愛德華四世 1442-1483
愛德蒙 1443-1460
凱薩琳・伍德威爾 1458-1497
（白金漢公爵）1455-1483
湯瑪斯・格雷（多塞特侯爵）1455-1501
理查・格雷 1457-1483
愛德華五世（威爾斯親王）1470-1483?
李察（約克公爵）1473-1483?
伊莉莎白 1466-1503
亨利七世 1457-1509
塔中小王子
（都鐸王朝）
亨利八世 1491-1547

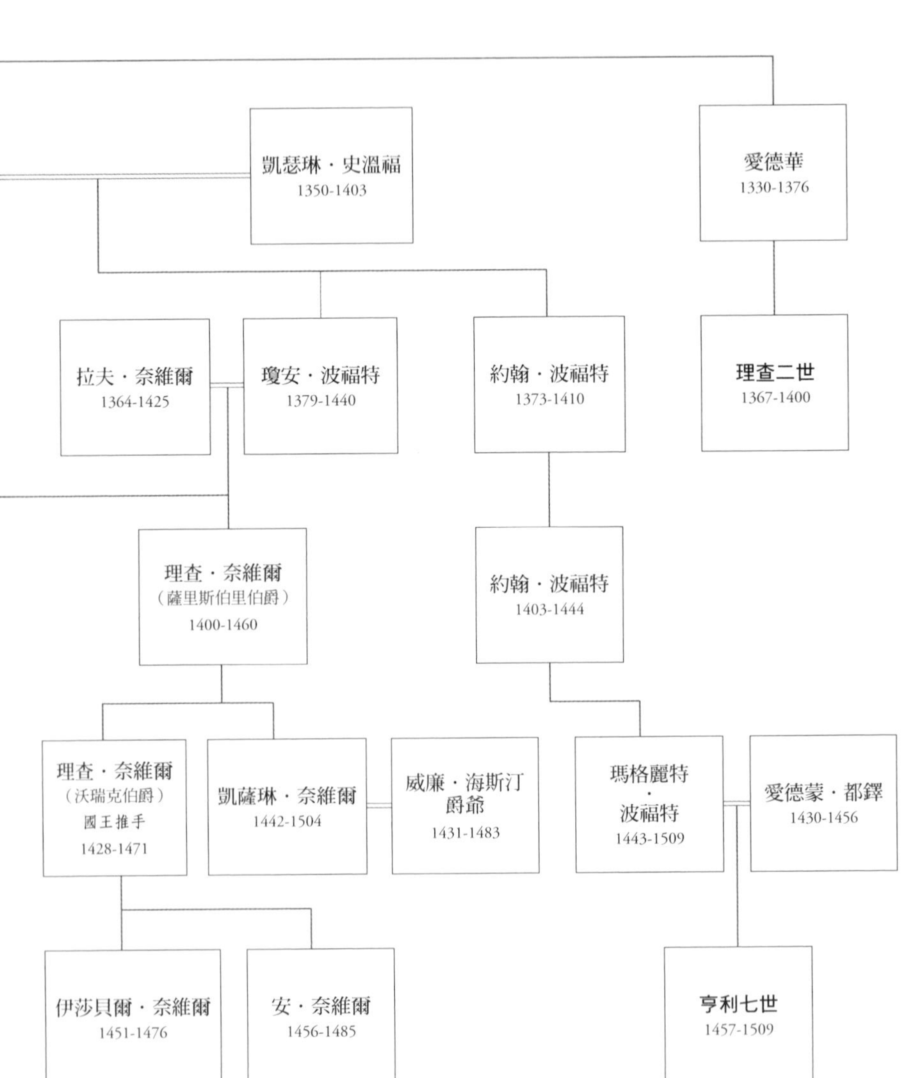
凱瑟琳・史溫福
1350-1403
愛德華
1330-1376
拉夫・奈維爾
1364-1425
瓊安・波福特
1379-1440
約翰・波福特
1373-1410
理查二世
1367-1400
理查・奈維爾
（薩里斯伯里伯爵）
1400-1460
約翰・波福特
1403-1444
理查・奈維爾
（沃瑞克伯爵）
國王推手
1428-1471
凱薩琳・奈維爾
1442-1504
威廉・海斯汀
爵爺
1431-1483
瑪格麗特
・
波福特
1443-1509
愛德蒙・都鐸
1430-1456
伊莎貝爾・奈維爾
1451-1476
安・奈維爾
1456-1485
亨利七世
1457-1509

主要人物表
婚姻
子女
愛德華三世
1312-1377
萊昂尼爾
（克萊倫斯公爵）
1338-1368
愛德蒙
1341-1402
蘭開斯特的
白蘭琪
1345-1368
岡特的約翰
1340-1399
菲莉帕
1355-1378
理查
1375-1415
亨利四世
1367-1413
羅傑・莫汀默
1374-1398
理查
（約克公爵）
1411-1460
希希莉・奈維爾
1415-1495
亨利五世
1386-1422
安・莫汀默
1390-1411
亨利六世
1421-1471

1

葛蘭特躺在白色高腳病床上，瞪著天花板，厭惡地瞪著。乾淨的天花板上每一道最新的裂痕他都瞭然於胸。他在天花板上製了地圖，探索其間的河川、島嶼和大陸。他拿天花板玩猜謎遊戲，在上面找出了隱藏的面孔、飛鳥和游魚。他用數學算計了天花板，重新發現了自己童年的定理、量角和三角形。現在他已然江郎才盡，只能對著天花板乾瞪眼。眼前的景象看著就倒胃。

他跟侏儒建議過她或許可以移動一下病床，這樣他就能探索一塊新的天花板。但顯然這麼做會破壞病房的對稱；而在醫院裡對稱的重要性僅次於清潔，並且遠勝於虔誠。任何不對稱在醫院裡都是褻瀆。她問他怎麼不看書？何不接著看幾本他的朋友們一直送來的昂貴新小說呢？

「這世界上出生的人已經太多，寫下來的字也太多了。每分鐘都有百萬千萬的字印出來。這個念頭太恐怖了。」

「你講起話來就是個老頑固。」侏儒說。

侏儒是茵格翰護士。其實她身高足有五呎二吋，身材比例正常。葛蘭特叫她侏儒，是為了彌補自己被一個可以單手拎起的德勒斯登瓷娃娃呼來喝去的窘迫；那是說，要是他可以下床拎人的話。她不只告訴他可以做什麼不可以做什麼，還能輕易地對付他堂堂六呎之軀，讓葛蘭特備覺羞辱。顯然重量對侏儒而言不值一提，她扔床墊時漫不經心的優雅猶如轉碟子的雜技演員。她不當班的時候，就由亞瑪遜女戰士照顧他；這位女神的手臂可比山毛櫸枝。亞瑪遜女戰士是戴瑞爾護士，來自格洛斯特郡，每逢水仙時節，必起鄉思。（侏儒的老家在萊瑟姆聖安妮，沒有什麼水仙的胡說八道。）她的雙手大而柔軟，大眼猶如牝牛般柔和，看起來總像在深深地憐憫你；但她只要稍微動彈一下，就立刻跟唧筒般咻咻喘氣。整體來說葛蘭特覺得被人當成重如泰山，比輕如鴻毛更加丟臉。

葛蘭特之所以臥床不起，讓侏儒和亞瑪遜女戰士照護，是因為他掉進了一扇地上的暗門。這當然是莫大的恥辱，相形之下亞瑪遜女戰士的氣喘如牛和侏儒的輕鬆自如都不足掛齒。掉進地上的暗門這種事簡直陳腐老套、荒謬絕倫、可笑至極、慘不忍睹。他從正常步行平面上消失的時候，正在追捕班尼・斯克爾；這令人難以忍受的事態中唯一聊堪告慰的，就是班尼在下個轉角剛好撞進威廉斯巡佐的懷裡。

現在班尼要「離開」三年，公權力對此甚為滿意。然而班尼可以因行為良好而提早假釋，但在醫院裡即便行為良好，也無法提早出院。

葛蘭特不再瞪著天花板，他把視線移向床邊桌上的書堆；侏儒早先鼓勵他看的那疊昂貴的好東西。最上面那本，封面是瓦萊塔豈有此理的粉紅風景照的書，是拉薇妮雅．芬區每年推出的天真女主角冒險記。從書封的港口景致看來，本書的薇拉芮或安琪拉或希賽兒或丹尼絲一定是海軍的妻子。他只翻開看了拉薇妮雅寫給他的慰問詞。

《大汗淋犁》是席勒斯．韋克利腳踏實地、厚達七百頁的鄉土大作。從第一段看來，本書的情境跟席勒斯上一本作品並無實質差異：媽媽懷著第十一胎躺在樓上，爸爸在樓下九度操勞已然癱了，大兒子在牛棚裡欺瞞政府，大女兒跟情人在乾草棚架上相好，其他人都在穀倉裡避風頭。茅草屋頂滴答漏雨，大糞在堆肥裡蒸騰。席勒斯從不漏提大糞。堆肥的蒸汽是這幅情境中唯一向上的氛圍，並非席勒斯的錯。倘若席勒斯能想出一種朝下發展的蒸汽，他絕對會寫出來的。

在席勒斯大作那明暗對比刺目的書衣下，是一本結合艾德華式花俏和巴洛克式胡扯的玩意，叫做《戰戰兢兢的貝珥絲》。作者魯波特．路格在書中高傲地描寫了墮落。魯波特．路格總能在開頭三頁逗你笑。大約在第三頁的時候，你就發現魯波特從非常高傲（但當然不墮落）的喬治．伯納．蕭（George Bernard Shaw）那裡學到要顯得語出詼諧，最容易的方法就是使用廉價又便利的似是而非。在那之後，笑話還隔著三句遠你就已經看出來啦。

那本暗綠色封面上有一道紅色槍擊閃光的玩意，是奧斯卡．歐克理的最新作品。硬漢裝腔作勢地從嘴角吐出假假的美國腔，完全缺乏正版的機智和魄力。金髮女郎、銘裝酒吧、亡命追擊。非常令人印象深刻的廢話。

《消失的開罐器疑案》，作者是約翰．詹姆士．馬克，開頭兩頁就有三個警方程序上的錯誤。至少這本書在葛蘭特想著要給作者寫信的時候娛樂了他五分鐘。

他記不得書堆底下那本薄薄的藍色書籍是什麼了。好像是某種熱切的數據，他想。采采蠅、卡路里，還是性行為之類的。

甚至連這種書你都知道下一頁會是什麼。在這廣闊的世間，就已經沒有人會改變他們的記錄了嗎？現在所有人都見公式而心喜嗎？當今的作家寫作都是一樣的模式，大家都知道可以期待什麼。讀者提到一本「新的席勒斯．韋克利」或是「新的拉薇妮雅．芬區」，就像是在說「一塊新磚頭」或「一把新梳子」一樣；他們從來不說「誰誰誰的新書」。他們的興趣不在書本身，而在那是「新的」。他們很清楚書的內容會是什麼樣子。

如果全世界的印刷廠都停工一個世代的話，或許是件好事。葛蘭特這麼想著，把倒胃口的視線從那疊五顏六色的書堆上轉開。文學也該有休息時段，該有個超人發明某種讓一切同時停止的光束，這樣你躺在床上動彈不得的時候就不會有人送你一堆胡說八道，梅森產的囉唆瓷器也就不會要你閱讀那些玩意。

他聽見門打開了，但並沒費力去看。他心理上和現實上都已經轉頭面壁。

他聽著有人走到他床邊，便閉上眼睛逃避可能的對話。他現在不想面對格洛斯特的同情或蘭開夏的幹練。在接下來的停頓中，一抹微微的誘惑，一股令人懷念的法國格拉斯原野氣息挑逗著他的鼻孔，在他腦中迴旋。他品味著，思索著。侏儒散發出薰衣草爽身粉的氣味，亞瑪遜女戰士則帶著肥皂和碘酒的味道。現在在他鼻腔中徘徊的是昂貴的隆克洛五號。他只認識一個人用隆克洛五號香水。瑪塔．哈拉德。

他睜開一隻眼睛，瞇著望向她。她顯然彎身看他是不是睡著了，現在正躊躇地站著——如果瑪塔做的任何事能稱之為躊躇的話——望向桌上那疊顯然沒動過的出版品。她一手摟著兩本新書，另一手則拿著一大把白色紫丁香。他想知道她之所以選白色紫丁香是因為覺得這是適合冬季的花朵（每年十二月到三月，她戲院的休息室裡都是這種花），還是這不會破壞她黑白時髦裝扮的協調。她戴著一頂新帽子和常戴的珍珠首飾；那些珍珠是他以前幫她找回來的。她看起來非常漂亮，非常巴黎風，而且跟醫院氛圍差個十萬八千里。感謝老天。

「我吵醒你了嗎，亞倫？」

「沒有，我沒睡著。」

「看來我送的禮物跟大家一樣老套。」她說，把那兩本書放在被他嫌棄的同儕旁邊。「希望你覺得這些有趣一點。你有沒淺嘗一下我們的拉薇妮雅啊？」

「我什麼都不能看。」

「你不舒服嗎？」

「難過死了。但不是我的腿也不是我的背。」

「那是什麼？」

「我表妹蘿拉稱為『無聊的刺痛』。」

「可憐的亞倫。你家蘿拉說得真是太對了。」她把水仙從過大的玻璃瓶裡拿出來，優雅地扔進洗手盆裡，然後把自己帶來的紫丁香放進去。「大家以為無聊是一種讓人呵欠連天的感覺，但其實當然不對。那是一種持續不斷的小小刺痛。」

「小小刺痛，持續不斷。就像是有人用蕁麻打你一樣。」

「你何不找點事來做？」

「改善我這光輝的時刻嗎？」

「改善你的心境，更別提你的靈魂和脾氣了。你可以研讀一下某種哲學、瑜珈之類的東西。但我想習慣理性分析的腦子並不太適合思考抽象的事物。」

「我的確想過要重新學代數。我覺得在學校的時候沒有好好地正視代數。但我已經在這該死的天花板上搞了太多幾何題，數學有點讓我倒胃口了。」

「我猜以你現在的狀況，不適合建議你玩拼圖。填字遊戲如何？如果你想要的話我可以給你弄一本來。」

「看在老天的份上，千萬不要。」

「當然啦，你可以自創填字遊戲。我聽說那比解答有趣多了。」

「或許吧，但字典有好幾磅重。而且我一向討厭查參考書。」

「你下西洋棋嗎？我不記得了。解西洋棋難題呢？下白棋然後要在三步內贏之類的。」

「我對西洋棋的興趣僅止於用看的。」

「用看的？」

「非常有觀賞價值，騎士、兵卒等等。非常雅致。」

「真不錯。我可以帶一套來讓你玩玩。好吧，不管西洋棋了。你可以做點學術研究，那也是數學的一種。解決一個沒有答案的問題。」

「妳是說犯罪嗎？所有的案例我都記得，而且那些都沒什麼搞頭，絕對不是一個躺平了的人能解決的。」

「我不是指蘇格蘭場的案子。我是說比較——那個詞怎麼說？——比較經典的。幾百年來都沒人解開的謎。」

「像是什麼？」

「像是匣中信[1]。」

「喔，不要提蘇格蘭的瑪麗女王！」

「為什麼不要？」瑪塔問道，她跟所有的女演員一樣，都隔著一層白紗美化了瑪麗・斯圖亞特。

「我會對壞女人有興趣，但蠢女人我沒興趣。」

「蠢？」瑪塔用最低沉有力的依萊克特拉[2]嗓音說。

「非常蠢。」

「喔，亞倫，你怎麼能這樣！」

「要是她戴著別種頭飾的話，根本不會有人理會她。吸引人的是那種無邊帽。」

「你覺得她戴著遮陽小帽的話，就不會愛得那麼轟轟烈烈了？」

「她不管戴著什麼帽子都沒轟轟烈烈地愛過。」

1 The Casket Letters，匣中信傳為蘇格蘭女王瑪麗（Mary, Queen of Scots，1542~1587）在一五六七年寫給波斯威伯爵（Earl of Bothwell，1535~1578）的信及十四行詩，後世對其真偽有所爭議。

2 Electra，希臘神話中阿加曼儂王之女，弒母為父報仇，成為戀父的代名詞。

瑪塔使盡一輩子舞台生涯和一小時仔細化妝的全力，露出震驚不已的樣子。

「你為什麼這麼覺得？」

「瑪麗．斯圖亞特有六呎高。身材高大的女人都生性冷漠。隨便去問哪個醫生就知道。」

他一面說著，一面思忖，自從多年前瑪塔把他當成有需要時的備用護花使者以來，他似乎從未懷疑過她對男性惡名昭彰的理性態度是否跟身高有關。但瑪塔完全沒想到自己，仍舊一心都在她最喜歡的女王身上。

「至少她是殉道者，這點你得承認。」

「什麼的殉道者？」

「她的宗教。」

「她唯一殉的道就是風濕，她沒有經過教皇的允許就嫁給了唐利爵爺，然後嫁給波斯威伯爵的時候舉行的還是新教儀式。」

「再過一會兒你就要告訴我她從來沒被人關起來了。」

「妳的問題在於妳以為她被關在城堡頂端的小房間裡，窗子上有鐵欄杆，只有一個老僕人跟她一起祈禱。事實上她有六十個隨從。人數被減到像乞丐一樣的三十人時她大肆抱怨，再減到兩位男性隨從、幾位侍女、一個縫紉工和一兩個廚子時，她幾乎懊惱至死。

這一切都要伊莉莎白女王掏腰包，她掏了二十年，而二十年來瑪麗．斯圖亞特都在歐洲叫賣蘇格蘭王冠，看是不是有人願意發動革命讓她重回王座，或是坐到伊莉莎白女王的位子上。」

他望向瑪塔，看見她在微笑。

「好些了嗎？」

「什麼好些了？」

「你的刺痛。」

他笑起來。

「好些了。整整一分鐘我完全忘了這回事。至少這算是瑪麗．斯圖亞特的功勞。」

「你怎麼這麼瞭解瑪麗？」

「我在學校最後一年寫了一篇關於她的文章。」

「而且我猜你不喜歡她。」

「我不喜歡我對她的發現。」

「所以你不覺得她是悲劇人物。」

「喔不，她很悲劇，但不是一般人以為的那種悲劇。她的悲劇之處在於她雖然生下來就是女王，卻只有郊區家庭主婦的見識。占隔壁都鐸女士的上風既無害又有趣，甚至可能讓你毫無節制地分期付款，但這只影響你自己。當你用同樣的方法治國時，後果就不堪設想了。如果你願意用一千萬人民當籌碼來打擊王家對手，那最後只會落個眾叛親離的下場。」他躺著想了一下子。「她去女校教書應該非常勝任。」

「你太壞了！」

「我是好意。教職員一定會喜歡她，所有的小女生都會崇拜她。我說她悲劇就是這個意思。」

「好吧，看來你不要匣中信了。還有什麼別的？鐵面人。」

「我不記得那是誰，但我無法對任何羞答答地躲在錫片後面的傢伙感興趣。我沒辦法對任何看不到臉的人感興趣。」

「啊，對了，我忘記你對人臉有熱情。波吉亞家族的面孔都非常出色。我想他們應該能提供一兩個讓你動腦筋的謎題。要不當然還有波金・沃白克[3]。冒名頂替是非常有趣的事。他到底是不是他自稱的那個人呢？很不錯的遊戲。沒人能肯定地說是或不是。意見傾向一邊的時候另一邊就會壓過來，就像不倒翁那樣。」

門打開了，汀克太太家常的面孔出現在門口，她頭上戴著更為家常的老帽子。汀克

3 Perkin Warbeck，1474~1499，英王亨利七世在位期間，自稱是愛德華四世之子約克公爵李察（塔中小王子之一），威脅都鐸王朝的王位覬覦者。

太太自從開始替葛蘭特「做」之後就戴著這頂帽子，他無法想像她戴別的帽子。他知道她的確有另外一頂，因為她會說那是「我的小藍」。她的「小藍」偶爾才出現，而且從來不會出現在坦比莊十九號。她戴小藍的時候都鄭重其事，戴著它就是一種評估的標準。（「妳喜歡嗎，阿汀？覺得怎樣？」「不值得我戴小藍。」）她戴著它去參加伊莉莎白公主的婚禮，以及其他不同的王室場合，還在肯特公爵夫人剪綵的新聞影片裡出現了一兩秒。但對葛蘭特來說，這只是一種匯報而已，評量某個社交場合的標準，看那值不值得戴上「小藍」。

「我聽說有人來看你，」汀克太太說，「我本來要走的，但我聽到這個聲音很熟啊，我就想：『只不過是哈拉德小姐而已。』所以我就進來啦。」

她抱著幾個紙袋，還有一小束秋牡丹。她用女人對女人的態度跟瑪塔打了招呼，她以前曾經是服裝師，因此對劇場世界的女神並無誇張的敬畏。她瞥了一眼玻璃瓶中瑪塔插的漂亮紫丁香。瑪塔沒有看見她的視線，但注意到了她手中的秋牡丹，立刻好像排練過一樣圓滑地接管了情勢。

「我花了大把銀子買了白色紫丁香給你，汀克太太帶了野百合來，立刻把我比下去了。」

「百合？」汀克太太懷疑地說。

「這些是所羅門王的榮耀啊。既不勞苦也不紡線[4]的一束花。」

汀克太太只在婚禮和洗禮的時候去教堂，但她這一代都上過主日學。她帶著全新的興味望著自己羊毛手套中的那一小束榮耀。

「唉喲，我以前還真不知道。這樣就很有道理了是不是。我一直都以為那是海芋，滿山遍野的海芋，貴得要命，有點令人沮喪。所以那些花是染色的？怎麼不明說啊？為什麼要叫百合！」

她們繼續討論翻譯，以及聖經多會誤導人（「我總懷疑把糧食撒在水面[5]是什麼意思？」汀克太太說），那個尷尬的時刻就過去了。

她們忙著談經論譯的時候，侏儒帶著一個花瓶進來了。葛蘭特注意到花瓶是給白色紫丁香而不是秋牡丹用的。這是對瑪塔示好，希望能進一步交流，但瑪塔從來就不注意女人，除非她立刻要用上她們。她對汀克太太的態度僅僅是隨機應變，面對某種情勢的自然反應。於是侏儒就降格成了功能性角色而非社交對象。她從洗手盆裡撿起水仙，默默地放進花瓶裡。葛蘭特已經好久沒有看到比溫馴的侏儒更賞心悅目的景致了。

「好了，」瑪塔插好紫丁香，放在他能看到的地方。「我這就讓汀克太太餵你吃紙袋

4 出自聖經〈路加福音〉12:27。
5 出自舊約〈傳道書〉11:1。

裡的好東西啦。親愛的汀克太太，這些紙袋裡不會有妳那好吃的小餡餅吧？」

汀克太太容光煥發。

「妳想吃一兩個嗎？剛剛烤好的喔。」

「吃這麼好吃的餅乾我的腰圍一定會增加的，但我還是帶幾個回戲院去配茶好了。」

她用讓人欣喜的態度挑了兩個（「我喜歡邊上有點焦的」），放進包包裡，然後說：「再見，亞倫。我過一兩天再來，讓你織襪子。我聽說編織非常有鎮靜效果。是不是啊，護士小姐？」

「喔，是的，一點沒錯。我有很多男病患都開始編織了。他們覺得那是打發時間的好方法。」

瑪塔在門口送他一個飛吻，然後離開了。侏儒畢恭畢敬地跟在她身後。

「那個太妹真是沒救了。」汀克太太說，把紙袋一一打開。她說的不是瑪塔。

但當瑪塔兩天後回來看他時，帶的並不是鉤針和毛線。她飄逸地走進來，戴著一頂哥薩克帽，看起來非常帥氣。她吃完午飯後一定在鏡子前面整了好幾分鐘，才調出帽子不經意的傾斜角度。

「我今天沒法久待，親愛的。我要去戲院，今天有日場演出，老天幫我。全是茶盤和白癡。我們全都已經糟糕到覺得台詞毫無意義的地步。我覺得這齣戲永遠也不會下檔了。這會像紐約那種不是以年而是以十年為單位的檔期。真是太嚇人了。人的腦子根本沒辦法一直專注下去。昨天晚上傑佛瑞在第二幕中間就油盡燈枯了，他的眼睛幾乎從腦袋裡爆出來。我以為他中風了呢。後來他說他完全不記得自己登場到那一幕中間的事情。」

「妳是說他失憶了嗎？」

「喔，不是，不是。只是變成了自動運作的機器人。說台詞做動作，但從頭到尾都在想別的事。」

「要是大家說的是真的，那麼演員會這樣完全不稀奇。」

「喔，只要不太過分的話。強尼．卡爾森可以一面趴在別人的大腿上哭得肝腸寸斷，一面告訴你屋裡有多少張紙。但那跟整整半幕時間都『不在』是兩回事。你知道傑佛瑞在毫不知情的狀況下把兒子趕出家門、跟情婦吵架、還指控太太跟他最好的朋友私通嗎？」

「那他知道些什麼？」

「他說他決定把公園大道的公寓租給桃莉．達科，買下里奇蒙那棟查理二世式的房子，拉提莫因為接受了行政長官的任命所以要脫手了。他考慮到浴室不夠，決定樓上貼著十八世紀中國壁紙的小房間改裝應該不錯。他們可以把漂亮的壁紙取下來，用來裝飾樓下後面沉悶的小房間。那個沉悶的小房間裡都是維多利亞時期的鑲版。他還考慮過管線問題，懷疑自己是不是有錢把這舊玩意整個換掉，同時還想著廚房該用些什麼廚具。他剛剛決定要剷掉大門口的灌木叢時，赫然驚覺他正在九百八十七人的注視下在舞台上跟我面對面，台詞還說到一半。怪不得他眼珠子都要從腦袋裡爆出來了。如果能從起皺的書衣判斷的話，我看見你至少看了一本我帶來的書。」

「對，講山脈的那本。真是天賜的禮物。我躺著看了好幾小時的照片。沒有什麼比山脈更能讓人客觀的了。」

「我覺得星星更好。」

「喔，不會。星星只讓人退化到阿米巴蟲的狀態。星星奪取了人類最後一絲尊嚴，最後一點信心。但一座雪山是很適合人類尺寸的指標。我躺著看埃佛勒斯峰，感謝上帝我沒要去爬山。醫院的病床相形之下既溫暖又安全，侏儒和亞瑪遜女戰士則是人類文明的最高成就。」

「啊，好吧。我有別的圖片要給你。」

瑪塔從她帶來的四開信封裡倒出一疊紙張，散落在他胸前。

「這是什麼？」

「人臉，」瑪塔愉快地說，「幾十張人臉，讓你看個夠。男人、女人、小孩。各種型態，各種大小的。」

他從胸前撿起一張紙看了一下。那是十五世紀的畫像。一個女人。

「這是誰？」

「魯克蕾奇雅．波吉亞[6]。她是不是個怪人。」

6 Lucrezia Borgia，1480~1519，教皇歷山六世（Alexander VI）的私生女。

「或許吧。妳的意思是說她有什麼謎團嗎？」

「當然有。從來沒人知道她是被哥哥利用了還是兩人共謀。」

他拋棄了魯克蕾奇雅，拿起第二張紙。這是一個穿著十八世紀末期服裝的小男孩，底下模糊的字體寫著：路易十七。

「這可是個漂亮的謎題，」瑪塔說，「法國王太子。他是逃走了還是被囚禁到死？」

「妳從哪裡搞到這些畫像的？」

「我到維多利亞和亞伯特美術館，把詹姆斯從他的『小窩』裡抓出來，教他帶我去印刷廠。我知道這方面他內行，而且反正美術館沒有他感興趣的事情。」

瑪塔就能一廂情願地認為一個碰巧是劇作家，並且是畫像專家的公僕，願意為了她隨時離開工作崗位到印刷廠去。

他拿起另一幅伊莉莎白時代的畫像。一個穿戴著天鵝絨和珍珠的男人。他把紙翻過去看這是誰，發現畫中人是萊斯特伯爵[7]。

「原來這就是伊莉莎白的羅賓。」他說，「我以前好像從沒看過他的畫像。」

瑪塔低頭望著那張充滿男子氣概的豐腴面孔說：「我第一次發現歷史上主要的悲劇之

7 Earl of Leicester，1532?~1588，英國女王伊莉莎白一世的愛卿兼密友，小名羅賓。

一就是最棒的畫家都要到你過了顛峰時期才替你畫像。羅賓以前一定很帥。他們說亨利八世年輕時也是個大帥哥，但現在呢？只不過是紙牌上的老K。現在我們知道丁尼生[8]留那可怕的大鬍子之前是什麼模樣。總之我得走了，已經要遲到了。我剛在費樺餐廳吃飯，好多人過來跟我攀談，害我沒辦法趁早脫身。」

「我希望請客的人留下了深刻的印象。」葛蘭特瞥了她的帽子一眼。

「的確，她很瞭解帽子。她看了我一下就說：『是賈克．都吧。』」

「是她啊！」葛蘭特甚為驚訝。

「對，馬德蓮．馬區。而且請吃午餐的人是我。不要露出這麼震驚的樣子：這太不委婉了。如果你一定要知道原因的話，我是希望她能替我寫一齣關於布萊辛頓夫人[9]的戲，但是一直人來人往的，我根本沒機會打動她。不過我可請她吃了一頓大餐。這提醒了我，東尼．畢特梅可要請七個人吃飯。酒池肉林啊。你覺得他是怎麼能繼續下去的？」

「缺乏證據。」葛蘭特說。她笑著離開了。

在沉寂之中他繼續思考伊莉莎白的羅賓。羅賓有什麼謎題嗎？

8 Alfred Tennyson，1809~1892，英國桂冠詩人。

9 Lady Blessington，1789~1849，愛爾蘭小說家。

喔，當然有，艾美・羅伯薩[10]。

好吧，他對艾美・羅伯薩沒興趣。他不在乎她是如何或為什麼跌下樓梯的。

但他看著其他的面孔，過了一個非常愉快的下午。他在當警察之前就對人臉有興趣，在蘇格蘭場的這些年間，他的興趣既是私人娛樂，也有助於公務。早年他曾經跟警司一起指認嫌犯。那不是他的案子，他們倆都是為了別的公事才到場，他們在一男一女後面，看著那兩人分別走過十二個平凡無奇的男人面前，希望能找出一個熟悉的面孔。

「你知道哪個是我們的朋友嗎？」

「不知道，」葛蘭特說，「但我可以猜猜看。」

「是嗎？你覺得是誰？」

「左邊數來第三個。」

「罪名是什麼？」

「不知道，我一點概念都沒有。」

他的長官有趣地瞥了他一眼。但當那一男一女都無法指認任何人的時候，十二個人開始三五成群聊起天來，拉衣領、繫領帶準備結束協助警方的工作，離開警局回到日常

10 Amy Robsart，1532~1560，萊斯特伯爵之妻。

生活中；唯一沒有動作的就是從左邊數過來第三個男人。左邊第三個人默默地等著警衛來帶他回牢房。

「可惡！」警司說，「十二分之一的機會，就被你猜中了。真是厲害。他從行列裡找到你們安插的人了。」他對本地的探長說。

「你知道那個傢伙嗎？」探長有點驚訝。「據我們所知，他以前從沒犯過事。」

「不知道。我以前從沒見過他。我甚至不知道他的罪名。」

「那你怎麼選中他的？」

葛蘭特遲疑了一下，他第一次分析自己選擇的原因。那並不是推理得來的。他並沒有說：「那個人的臉有這種特質或那種特色，所以他是被告。」他的選擇是直覺的，原因在他的潛意識裡。最後他在潛意識裡探索一番之後衝口而出：「他是十二個人裡唯一臉上沒皺紋的。」

他們都笑起來。但是葛蘭特一旦把理由拉到陽光之下，就知道自己的本能是如何運作的，並且明白了其中的道理。「聽起來很蠢，但其實不是。」當時他說，「臉上沒皺紋的成年人只有白癡。」

「相信我，費爾曼不是白癡，」探長打斷他。「他可聰明得要命。」

「我不是那個意思。我是說白癡不負責任。白癡是不負責任的標準。那十二個人都大概三十來歲，但只有一人長著不負責任的面孔。所以我立刻選中他了。」

在那之後蘇格蘭場大家都取笑說葛蘭特可以「一眼就逮到犯人」。助理總監曾經戲謔地說：「別告訴我你相信人會長著犯罪的面孔，探長。」

但葛蘭特回答說不是的，沒有這麼單純。「長官，要是世界上只有一種罪行的話，那或許有可能；但罪行跟人性一樣多變，要是警察開始替面孔分類的話，那絕對會被淹沒的。每天五點到六點去龐德街上走一圈，就能看到聲名狼藉的女士們的各種長相，但倫敦最惡名昭彰的女人看起來卻像個冷冰冰的聖徒。」

「最近沒這麼神聖啦。她酒喝太多了。」助理總監說，無誤地指出他說的是哪位女士。接著他們改變了話題。

然而葛蘭特對面孔的興趣不減反增，而且變成了刻意的研究。這是案例的紀錄和比較。正如他所說，要替面孔分門別類是不可能的，但要分析單一面孔的特質則沒問題。比方說，報端刊載著名審判的報導裡有主要人物的照片，大家都可以看到。誰是被告誰是法官從來就不會搞錯。有時候律師的面孔可能看起來像囚犯——畢竟律師只代表人性的某個層面，跟世界上其他人一樣，可能陷入激情和貪婪。但法官有種特別的氣質；正直而超然。因此就算沒戴假髮，大家也不會把他跟既不超然也不正直的犯人搞混。

瑪塔的詹姆斯被從他的「小窩」裡拉出來之後，顯然如魚得水的很。他選的各種罪犯或他們的受害者圖片，讓葛蘭特消遣到侏儒替他送茶來的時候。他把紙張整理好，要放進櫃子裡時，手碰到一張從他胸口滑落到床單上，一下午都沒注意到的圖片。他把那張紙拿起來看了一下。

這是一個十五世紀末的男人畫像，他戴著天鵝絨帽，穿著開衩馬甲。他年約三十五、六歲，鬍子刮得很乾淨，兩頰削瘦。他戴著華麗的珠寶飾領，正往右手小指上戴戒指。但他的視線並不在戒指上。他望向空中。

在葛蘭特這天下午看到的所有人像中，這是最有特色的一幅。簡直像是畫家致力於在畫面上表現出他能力所無法傳達的東西。畫中人的眼神——非常引人注目又獨特的表情——把他打敗了。畫中人的嘴也是：他不知道該如何讓如此寬闊的薄唇生動起來，所以嘴畫得僵硬而失敗。畫家表現得最好的是臉部的骨架：強壯的顴骨，下方凹陷的面頰，以及過大而顯得無力的下顎。

葛蘭特在翻過紙張的中途停下來，繼續思索這張面孔。法官？軍人？貴族？這是個習於背負沉重責任，並且為自己的權威負責的人。某個責任感很強的人。一個杞人憂天者，可能是完美主義者。一個在複雜大局中悠然自得的人，但卻拘泥於小節。他很容易得消化性潰瘍吧。這個人小時候身體也不好。他臉上有著幼時病痛留下的難以言喻的痕跡，表情比跛子更為消沉，但同樣逃避無門。這位畫家明白這一點，並且用畫像表現了出來。微微浮腫的下眼圈像是睡過頭的孩子；皮膚的質感；年輕的臉上卻帶著老人的表情。

他把畫像翻過來看標註。

後面印著：理查三世。現存於國家畫廊。畫家不詳。

理查三世。

原來這就是理查三世。駝子。童謠裡的怪物。純真的摧殘者。邪惡的同義詞。

他把畫像翻過來再度打量。畫家畫那對眼睛時想表達什麼？他在那對眼睛裡看到了一個憂慮不安的人嗎？

他花了很長的時間望著那張臉，那對奇特的眼睛。眼睛狹長，離眉毛很近，眉毛微微地皺成憂心忡忡的樣子。一眼望去會覺得眼神好像是在窺探，但再看下去就會發現畫中人神情內斂，幾乎心不在焉。

侏儒來收他的茶盤時他還瞪著這張畫像看。他已經有好多年沒有看到這樣的畫像了。蒙娜麗莎相形之下簡直像是一張海報。

侏儒打量他沒動過的茶杯，熟練地摸了一下已經不熱的茶壺，然後噘起嘴來。她說如果他不想喝茶的話，她有別的事可做，不用特地替他送茶來的。

他把這張畫像舉到她面前。

她覺得如何？如果這個人是她的病人的話，她覺得他生了什麼病？

「肝病。」她簡潔地說，然後義憤填膺地端起茶盤，直挺挺地踏步走出去，金色鬈髮上下蹦跳。

但是迎著她走出去的一陣風，悠然自在地走進來的外科醫生有不同意見。他聽了葛蘭特的話，望著畫像，興味盎然地考慮了一會兒之後說：

「骨髓灰白質炎。」

「小兒麻痺症？」葛蘭特說，突然記起來理查三世有一隻萎縮的手臂。

「這是誰？」外科醫生問。

「理查三世。」

「真的？真有趣。」

「你知道他有一隻手臂萎縮嗎？」

「是嗎？我不記得了。我以為他駝背。」

「他是駝背。」

「我只記得他牙口很好，還吃活青蛙。看來我的診斷準得驚人。」

「太神奇了。你為什麼覺得他有小兒麻痺？」

「我不知道。現在你要我確實說出來的話，我猜大概就是這張臉上的表情吧。腿殘的孩子臉上就有這種表情。要是他天生就駝背的話，那原因可能是駝背而不是小兒麻痺。我看這畫家沒畫出駝背啊。」

「對，宮廷畫師都有點手段的。一直要到克倫威爾時代大家才要求『寫實表現』。」

「要是你問我的話，」外科醫生說，心不在焉地打量葛蘭特腿上的夾板，「我們到現在還深受其害的那種反向勢利，克倫威爾就是始作俑者。『我是個平凡人，真的，我不虛張聲勢。』同時也缺乏教養、禮貌和寬容。」他意興闌珊地捏了一下葛蘭特的腳趾。「這簡直是猖狂的傳染病。恐怖的曲解。我聽說在美國某些地方，穿西裝打領帶去見選民就等於政治生命。那才是裝模作樣自抬身價。理想的花花公子形象就是要跟大家一樣。看起來很健康。」他加上一句。他指的是葛蘭特的大腳趾。然後他轉回到床單上的畫像。

「很有趣，」他說，「說到小兒麻痺，或許他真的有小兒麻痺，所以手臂才會萎縮。」他思忖了一會兒，完全沒有要離開的意思。「總而言之很有意思。謀殺犯的畫像。你覺得他符合那種類型嗎？」

「謀殺犯沒有類型，殺人有太多不同的原因。但就我自己的經驗或案例中，都不記得有像他的犯人。」

「他當然是別具一格的，不是嗎？他沒有任何顧忌。」

「是沒有。」

「我看過勞倫斯．奧利佛演他。把純粹的邪惡表現得淋漓盡致。一直都在滑稽可笑的邊緣，但是絕對不會過度。」

「我給你看這張畫像的時候，」葛蘭特說，「你還不知道這是什麼人。那時你就覺得他是壞人嗎？」

「不覺得，」外科醫生說，「我只想著他生了什麼病。」

「很奇怪對不對，我也不覺得他是壞人。現在我知道他是誰，看到了背後的名字，腦袋裡就只剩下他是壞人的念頭了。」

「我想壞人就跟美人一樣，都是由看的人來決定的。好了，我週末的時候再來。現在你沒有哪裡會痛吧？」

醫生跟來時一樣悠然和藹地離開了。

葛蘭特困惑地繼續研究畫像（自己竟然把歷史上數一數二的著名謀殺犯當成法官讓他不爽，把受審者當成審判者真是愚昧得驚人），然後想起這張畫像是拿來讓他解謎用的。

理查三世有什麼謎題？

他想起來了。理查謀害了他兩個小姪子，但沒人知道他是怎麼辦到的。兩個孩子就憑空消失了。如果他記得沒錯的話，他們失蹤時理查不在倫敦。理查派了別人去幹掉他們。但這兩個孩子的命運之謎始終沒人解開。查理二世（Charles II，1630~1685）的時代有人找到兩副骨骸——在哪裡的樓梯底下嗎？——重新埋葬。大家一致認定那是兩位小王子的遺骸，但從來就沒有任何確實的證據。

受過良好教育之後，所知的歷史竟然少得令人驚訝。他對理查三世的認識僅止於他是愛德華四世的弟弟。金髮的愛德華身高六呎，英俊懾人，對異性手腕高超；而理查卻是個在哥哥死後軟禁小姪子，篡奪王位的駝背，最後還乾脆把繼承人除掉一勞永逸。他也知道理查大叫著要人給他一匹馬[11]，然後死在博斯沃斯的戰場上。他還是一族的最後血脈。金雀花王朝的最後一人。

每個學童翻過理查三世部分的最後一頁都鬆了一口氣，因為玫瑰戰爭終於結束了，他們可以進入都鐸王朝，那也很無聊，但至少比較容易理解。

侏儒進來整理房間的時候，葛蘭特說：「妳手邊不會剛好有一本歷史書吧？」

「歷史書？沒有。我要歷史書幹嘛。」這不是問句，所以葛蘭特沒有試圖回答。他的沉默似乎讓她不安。

「如果你真的想要歷史書，」她立刻說道，「可以問問看戴瑞爾護士，讓她送晚餐時一起帶來。她的教科書全都在房間的架子上，裡面很可能有歷史書。」

11 此指莎士比亞《理查三世》裡的名句：「一匹馬！一匹馬！用我的王國換一匹馬！」(A horse! A horse! My kingdom for a horse!)

不愧是亞瑪遜女戰士，他心想，果然還留著學校的教科書！她還在懷念學校，就像每次水仙花盛開時就懷念故鄉格洛斯特郡一樣。

她端著他的乳酪布丁和燉大黃根，邁著沉重的腳步走進房間，他以接近慈悲的容忍態度望著她。她已經不再是呼吸聲像唧筒的魁梧女性，而成了可能的娛樂泉源。

喔是的，她有歷史書，她說道。事實上她應該有兩本。她把所有的課本都留著，因為她喜歡上學。

葛蘭特差點問她是不是也還留著小時候的洋娃娃，但即時止住了自己。

「我當然喜歡歷史，」她說，「那是我最喜歡的科目。獅心王理查（Richard the Lionheart，1157~1199）是我的英雄。」

「也是個讓人難以忍受的大老粗。」葛蘭特說。

「喔，不要這樣！」她露出受傷的表情。

「他顯然有甲狀腺亢進的問題，」葛蘭特毫不留情地說，「到處橫衝直撞，像是沒做好的煙火一樣。妳現在要下班了嗎？」

「等我把晚餐都送完之後。」

「妳今晚能把書找給我嗎？」

「你應該要睡覺了，而不是醒著看歷史書。」

「與其瞪著天花板，我不如看看歷史書。妳能拿來給我嗎？」

「我不想為了對獅心王沒禮貌的人專門跑回護士區，然後今天晚上再跑回來。」

「好吧，」他說，「我不是殉道者的料子。我覺得獅心王是騎士精神的代表，無所畏懼，無可挑剔的騎士，毫無缺點的指揮官，夠得三次傑出軍人獎。現在妳願意去替我拿書了嗎？」

「我覺得你好像很需要念點歷史。」她說著用大手撫平歪斜的床單一角。「我回來的時候會替你拿書來，反正我要去看電影。」

她過了將近一小時才回來，裹著一件駱駝毛大衣，看起來碩大無朋。病房已經熄燈了，她像好心的精靈一樣突然出現在他閱讀燈的光環中。

「我本來希望你已經睡著了呢，」她說，「沒想到你真的打算今晚就開始看。」

「要是有什麼能讓我想睡的話，」他說，「那就是英國歷史教科書。所以妳可以去跟人手牽手了，不用覺得內疚。」

「我要跟貝洛絲護士一起去。」

「妳們還是可以手牽手。」

「你真叫人不耐煩。」她充滿耐心地說，消失在黑暗之中。

她帶了兩本書來。

一本是叫做《歷史讀者》的通論，這本書和歷史的關係就像聖經故事跟聖經古本的關係一樣。卡紐特大王（Canute，995~1035）在海邊反駁他的朝臣，亞佛烈大帝（Alfred the Great，849~899）讓糕餅燒焦了，萊理爵爺（Raleigh，1552~1618）把斗篷鋪在地上讓伊莉莎白踩過。納爾遜（Nelson，1758~1805）在勝利號的艙房中對哈第（Hardy）說了臨終的遺言，一切都用大而清晰的字體在一個段落裡就結束。每個事件都有一整頁的插圖。

亞瑪遜女戰士如此珍視童年的書籍讓人意外感動。他翻到扉頁看看是不是有她的名字。扉頁上寫著：

艾拉．戴瑞爾，

三年級

新橋高中

新橋市，

格洛斯特郡。

英國

歐洲，

世界

宇宙。

周圍貼滿了各種彩色的轉印貼紙。

他想知道是不是所有小孩都這樣?這樣寫他們的名字，然後在上課的時候玩轉印貼紙。他自己的確是這樣。看到這些簡單明亮的色塊立刻喚起了他童年的回憶。他已經忘了貼轉印貼紙有多好玩。當你開始把紙撕起來，看見印得很漂亮時那種美好的滿足心情。成人的世界裡很少有這樣的成就感，或許只有高爾夫一杆進洞差堪比擬，要不就是你感覺到釣線扯緊，魚兒上鉤的瞬間。

這本小書讓他愉快地悠閒翻閱，仔細地閱讀每一個童稚的故事。這畢竟是所有成年人都記得的歷史。在大家都忘記了進出口貿易稅、港口稅、蘇格蘭宗教革命、黑麥屋謀反事件、三年法案，以及長久以來各種混亂的派系對立、叛亂和合約之後，留在記憶中的只有這些了。

他看到理查三世的故事時，標題是《塔裡的小王子》。年輕的艾拉似乎覺得兩個小王子遠遠不及獅心王，因為她把整篇故事裡的大寫字母O都用鉛筆仔細塗滿了。插圖畫著兩個金髮的小男孩在透過窗上的鐵欄杆照射進來的陽光下玩耍，他們倆都戴著和時代不符的眼鏡，插圖空白的背景還有人在玩井字遊戲。小艾拉顯然完全不在乎小王子。

然而這個小故事夠吸引人，驚悚到足夠讓小孩覺得有趣。天真無邪的小王子，邪惡的王叔。經典的簡單故事中經典的角色。

同時這也有個教訓。一個完美的警世故事。

但是國王並未從這邪惡的行為中獲得任何好處。他的冷血殘酷讓英格蘭人民大為震驚，決定不要再讓他當國王了。他們找來了理查住在法國的遠親亨利．都鐸來當國王。理查在接下來的王位爭奪戰中英勇戰死，但他已經臭名遠播，眾叛親離，許多人倒戈投向對方陣營。

這段敘述很簡潔，但並非華而不實，直接記錄了大要。

他拿起第二本書。

第二本是學校的歷史課本。英國兩千年歷史清楚地分門別類，以備查詢。分類照慣例是依照不同的統治時期。怪不得大家都用某個人代表統治時期，忘了那個人物也經歷過其他君王統治。這些人都被一一歸類：皮普斯（Pepys，1633~1703）：查理二世。莎士比亞（1564~1616）：伊莉莎白一世（1533~1603）。瑪爾博羅公爵（Marlborough，1650~1722）：安女王（1665~1714）。從來沒人想過曾經見過伊莉莎白女王的人也可能見過喬治一世（1660~1727）。大家從小就被這種觀念制約了。

然而當你只是個脊椎受傷斷腿臥床的警察，為了避免無聊發瘋而研究早已作古的王室人物時，這確實能讓事情單純化。

他驚訝地發現理查三世的在位時期如此之短。他是英國兩千年歷史上數一數二的著名君王，卻只在位兩年，他顯然絕非常人。就算理查沒有朋友，他也肯定對許多人造成了影響。

歷史課本也覺得他非常有個性。

理查是個非常有能力的人，但做事卻不擇手段。他悍然奪取王位，宣稱王兄跟伊莉莎白．伍德威爾的婚姻不合法，兩個小王子是私生子。人民都害怕站錯邊，接受了他，他開始往南擴張勢力，也獲得了眾多支持。然而就在這段期間，住在倫敦塔裡的兩位小王子失蹤了，據信已遭謀害。接下來發生了大規模的叛亂，理查無情地鎮壓。為了挽回失去的民心，理查召開議會，取消了王政稅和制服傭兵制。

但是第二次叛亂繼之而起，蘭開斯特分支的亨利．都鐸從法國率軍入侵。他在萊斯特附近的博斯沃斯迎戰亨利，史坦利背叛了理查，和都鐸裡應外合。理查英勇地戰死沙場，留下和約翰王（King John，1167-1216）不相上下的惡名。

王政稅和制服傭兵制是什麼玩意？

英國人民對法國軍隊決定王位繼承作何感想？

但是當然啦，在玫瑰戰爭的時代，法國仍舊是英國遙遠的一部分；對英格蘭人來說還沒有愛爾蘭那麼陌生。十五世紀的英格蘭人去法國是理所當然的，但除非被流放否則不會去愛爾蘭。

他躺著思考英格蘭。玫瑰戰爭爭奪的英格蘭。一個遍野青翠的英格蘭；而不是從康伯蘭到康瓦爾都擠滿了煙囪的英格蘭。一個尚未開墾，廣袤的森林中滿是野生動物，沼澤裡充滿水鳥的英格蘭。一個每幾哩就有著小聚落，綿延不絕的城堡、教堂、小屋；修道院、教堂、小屋；莊園、教堂和小屋的英格蘭。聚落周圍是田地，遠方則是綠野。無盡的綠野。聚落之間轍印深深的小道，冬天泥濘，夏天塵埃飛揚，點綴著隨季節變換綻放的野玫瑰或紅山楂。

玫瑰戰爭在這片人煙稀少的綠野上打了三十年。但那事實上是家族鬥爭而非戰爭。像是羅密歐家和茱麗葉家的夙怨，跟一般英格蘭人民根本沒啥相關。沒人敲你的門問你是約克還是蘭開斯特，就算你站錯邊也沒人會把你拖進集中營去。那是一場集中的小型戰爭，幾乎像是私人宴會。他們在你家外面打仗，把你的廚房變成更衣室，然後前往別的地方繼續打，過幾個星期你聽說了戰爭的結果，你們家可能會起內訌，因為你老婆是蘭開斯特而你可能是約克。這其實滿像足球賽的，沒人會因為你是蘭開斯特或約克而起訴你，就像不管你支持兵工廠隊還是切爾西隊都不犯法一樣。

他就這樣想著青翠的英格蘭睡著了。

他對兩個小王子的命運之謎仍舊一無所知。

3

「你就不能找點比這快活的玩意研究嗎？」第二天早上侏儒問他，她指的是葛蘭特靠在床邊書堆旁的理查畫像。

「妳不覺得這張面孔很有意思嗎？」

「有意思！他讓我毛骨悚然，就像隻悽慘的落水狗。」

「歷史書上說他是個厲害的強人。」

「藍鬍子也是。」

「似乎相當有名。」

「藍鬍子也是。」

「而且還是個好戰士，」葛蘭特壞心地說，等她回答。「怎麼，藍鬍子不是嗎？」

「你幹嘛要研究這張臉？這到底是誰啊？」

「理查三世。」

「看吧，算我白問了。」

「妳是說妳知道他會長這個樣子？」

「正是。」

「為什麼？」

「他不是個冷血凶手嗎？」

「妳好像對歷史滿熟的嘛。」

「這每個人都知道吧。他謀殺了兩個小姪子，可憐的小鬼頭。把他們悶死了。」

「悶死？」葛蘭特興味盎然地問，「這我不知道。」

「用枕頭悶死的。」她用小拳頭用力捶他的枕頭，快速精準地換掉。

「為什麼要悶死？為什麼不用毒藥？」葛蘭特問。

「不要問我，又不是我策劃的。」

「誰說他們是被悶死的？」

「我學校的課本上說的。」

「是，但歷史課本上是引用誰說的？」

「引用？課本沒有引用，只陳述事實。」

「課本上有說誰悶死他們嗎？」

「一個叫做泰瑞爾的人。你上學的時候沒唸過歷史嗎？」

「我上了歷史課，但那不等於唸過歷史。泰瑞爾是誰？」

「我完全不知道。理查的朋友吧。」

「大家怎麼知道是泰瑞爾幹的？」

「他招供了。」

「**招供？**」

「當然是在他被判有罪之後，被吊死之前。」

「妳是說這個泰瑞爾真的是因為謀殺兩個小王子被吊死的？」

「當然啦。要不要我把這張晦氣的臉拿走，換成比較愉快的畫像？哈拉德小姐昨天帶來的那一疊裡有很多滿好看的面孔。」

「我對好看的面孔沒興趣，我只對晦氣的臉有興趣，對『厲害的冷血凶手』有興趣。」

「個人口味不同，」侏儒不出所料地這麼說。「反正我不用看，感謝老天。但我覺得這足以妨礙骨頭癒合了，幫幫忙吧。」

「要是我的骨頭不癒合，那妳可以怪在理查三世頭上。我覺得他的惡名再加上這一條也無所謂。」

瑪塔下次來探病的時候，他一定要問她知不知道這個泰瑞爾是何許人也。她的常識並不特別豐富，但她在名校受過非常昂貴的教育，或許多少還能記得一點。

但第一個從外界出現的人是威廉斯巡佐，高大粗獷滿面紅光；葛蘭特一時之間忘記了古時的戰役，只想著今日的好漢們。威廉斯坐在小而硬的訪客用椅子上，雙膝敞開，淺藍色的眼睛在窗戶的光線下像滿足的貓咪一樣瞇起來。葛蘭特慈愛地望著他。能跟同行用繞著彎子的行話聊公事，聽聽本行的流言蜚語，八卦一下圈內的角力，知道誰表現好誰表現差，甚為愉快。

「警司要我慰問你，」威廉斯起身離開時說，「他說如果有什麼他幫得上忙的你儘管說。」他的視線不再避著光線，轉而落在書堆旁的畫像上。他歪著頭打量。「這傢伙是什麼人？」

葛蘭特正要告訴他，又轉念一想他也是警察，跟他一樣因職業關係習於判別各種面孔，對他而言人臉在日常生活中有其重要性。

「一個十五世紀的無名畫家畫的。」他說，「你覺得如何？」

「我完全不懂畫。」

「我不是問那個。我是說你覺得畫裡的人怎樣？」

「喔，喔，我明白了。」威廉斯彎身皺起眉毛，仔細打量。「你說『怎樣』是什麼意思？」

「你覺得他是怎樣的人？法官還是被告？」

威廉斯考慮了一會兒，然後充滿信心的說：「法官。」

「你這麼覺得嗎？」

「當然。怎麼了？你不同意嗎？」

「我同意。但奇怪的是我們都錯了。他是被告。」

「這還真沒想到，」威廉斯再度仔細打量。「所以你知道這是誰囉？」

「知道，理查三世。」

威廉斯吹了一聲口哨。

「原來是他啊！唉喲，真是的。塔裡的小王子之類的。壞叔叔的原型。我猜你知道答案的話就看得出來了，但猛然看去就不覺得。我的意思是，看出他是個壞蛋。這麼說來他跟郝斯伯利[12]長得真像，要是硬說郝斯伯利有什麼缺點，那就是他對被告太好了。他在結辯的時候會刻意偏向他們。」

「你知道小王子是怎麼被謀殺的嗎？」

「我對理查三世一無所知，只知道他媽媽懷了他兩年才把他生下來。」

12 Earl of Halsbury，1823~1921，大不列顛大法官，郝斯伯利英倫法典編纂者。

「什麼！你從哪聽來的？」

「應該是學校課本吧。」

「你的學校一定非常特別。我的歷史課本裡完全沒有提到懷孕的事。所以莎士比亞和聖經才有新鮮感，裡面總有現實生活的描寫。你聽說過一個叫做泰瑞爾的人嗎？」

「聽過，他在『半島與東方』的船上行騙，在埃及號船難時淹死了。」

「不是，我是說歷史上的人物。」

「跟你說，除了一〇六六年和一六〇三年之外，我對歷史一無所知。」

「一六〇三年發生了什麼事？」葛蘭特問，他的心思還在泰瑞爾身上。

「我們永遠都得尾大不掉地拖著蘇格蘭人了。」

「總比他們每五分鐘就要割我們的喉嚨要好。據說謀害小王子的人是泰瑞爾。」

「那兩個姪子嗎？不，這名字我不熟。好了，我得走了。我能幫你什麼忙嗎？」

「你是不是要去查令十字路？」

「對，我要去鳳凰戲院。」

「那你可以幫我一個忙。」

「說吧。」

「去書店幫我買一本英國歷史。大人看的。如果有理查三世生平的話也買一本。」

「好，沒問題。」

他出去的時候碰到了亞瑪遜女戰士，看見一個身材跟他不相上下的護士讓他吃了一驚。他不知所措地喃喃道了聲早安，疑惑地瞥了葛蘭特一眼，消失在走廊上。

亞瑪遜女戰士說她應該要替四號病人擦澡，但她要先來看看他是不是相信了。

「相信了？」

相信獅心王理查是個高貴的騎士。

「我還沒看到理查一世呢。但還是讓四號等一會兒好了。跟我講講妳對理查三世的認識吧。」

「喔，那兩隻可憐的小羊！」她說，巨大的銅鈴眼裡充滿了憐憫。

「誰？」

「那兩個小男孩啊。我小時候會做惡夢，夢到有人在我睡覺的時候用枕頭蒙住我的臉。」

「凶手是這麼幹的嗎？」

「是啊，你不知道嗎？國王一行人在沃里克的時候，詹姆斯．泰瑞爾爵士騎馬回倫敦，叫戴頓和佛瑞斯特殺了他們，然後把小王子埋在樓梯下面的石堆裡。」

「但妳借我的書裡沒寫這個啊。」

「喔，那本是考試用的，如果你知道我在說什麼的話。那種書裡沒有真正有趣的歷史。」

「我能問問妳是從哪裡聽到泰瑞爾的謠言嗎？」

「那不是謠言，」她用受傷的語氣說，「湯瑪士・摩爾爵士（Sir Thomas Moore，1478~1535）的歷史記載裡就有提到。英國歷史上沒有比湯瑪士・摩爾爵士更受人尊敬、更值得信任的人了。不是嗎？」

「是。反駁湯瑪士爵士太不禮貌了。」

「這可是湯瑪士爵士說的，他真的認識當時的那些人。」

「戴頓和佛瑞斯特嗎？」

「不是，當然不是。但是他認識理查，還有可憐的王后跟其他人。」

「王后？理查的王后？」

「對。」

「為什麼可憐？」

「他讓她的日子過得糟透了。他們說他給王后下毒。他想娶自己的姪女。」

「為什麼？」

「因為她是王位繼承人。」

「原來如此。他除掉了兩個小男孩，然後想娶他們的姊姊。」

「對。他不能娶小男孩啊。」

「的確，我想理查三世從沒起過那種念頭。」

「所以他想娶伊莉莎白，鞏固王位。事實上她嫁給了推翻他王位的繼任者。她是伊莉莎白女王的祖母。我很高興伊莉莎白有一點金雀花王室的血統，我不太喜歡都鐸王室。我得走了，要不然我還沒替四號擦完澡護士長就要來查房了。」

「那就等於世界末日啦。」

「那等於我的末日啦。」她說著離開了。

葛蘭特再度從書堆上拿起她借他的那本書，試圖釐清玫瑰戰爭到底是怎麼回事。他失敗了。軍隊進攻又反攻。約克和蘭開斯特輪流打勝仗，讓人混亂不已。這簡直跟看遊樂場的碰碰車迴轉相撞一樣毫無意義。

但他覺得這場騷動的根源是在將近百年前，直系血脈在理查二世下台時斷絕後，就開始醞釀了。這段歷史他很清楚，因為他年輕時在新戲院看過〈波爾多的理查〉（*Richard of Bordeaux*），看了四次。篡位的蘭開斯特家族統治了英格蘭三個世代：〈波爾多的理查〉裡面的亨利並不快樂，但治國有方；莎士比亞的哈爾王子在阿金庫爾大獲全勝；他愚蠢兒子的統治則失敗透頂。人民眼見可憐的亨利六世的一票損友虛擲了在法國的勝仗，亨利自己則在籌畫伊頓公學，同時懇求宮廷裡的仕女們把胸口遮起來。怪不得人民再度渴望正統血脈。

三代的蘭開斯特君王都有一種討人厭的狂熱，和隨著理查二世之死消逝的宮廷自由主義成強烈對比。理查不干涉他人的執政方式，幾乎在一夜之間助長了焚燒異教徒的聲勢。異教徒在這三個世代中持續慘遭火刑。怪不得街頭人群的心裡也開始悶燒起不滿的火苗。

特別是人民面前就有著約克公爵：一個有能力、有天賦、理智又深具影響力的偉大貴族，在血緣關係上也是理查二世的繼承人。他們或許並不希望約克取代可憐的蠢亨利的位子，但他們確實希望他接管國政，釐清這一團糟。

約克試過了，在努力過程中戰死沙場，他的親族則因此流放或隱居。

但當一切塵埃落定時，英格蘭王座上坐的是和他並肩作戰的兒子，這個國家愉快地臣服在高大金髮，英俊萬分、風流倜儻且聰明異常的愛德華四世之下。

葛蘭特對玫瑰戰爭的瞭解就僅限於此了。

他從書頁上抬起頭來，看見護士長站在房中央。

「我敲過門了。」她說，「但你看書看得太專心了。」

她站在那裡，苗條而疏遠，跟瑪塔一般優雅；白袖口下露出的雙手輕輕地在纖腰前交握，莊嚴地披著白色的頭巾，唯一的裝飾品是代表學歷的銀徽章。葛蘭特想知道這世界上是否有比這所大醫院的護士長更堅不可摧的姿態。

「我喜歡上歷史了，」他說，「雖然有點晚。」

「非常值得欽佩的選擇，」她說，「這讓人能客觀起來。」她的視線落在那張畫像上。她說：「你是約克派還是蘭開斯特派？」

「所以妳知道這是誰。」

「知道。我在還是實習護士的時候常常去國家畫廊。那時我沒錢又很累，畫廊裡又安靜又溫暖，而且有很多座椅。」她微微笑了一下，回憶那個年輕、疲累又認真的自己。「我最喜歡人像畫廊，因為那裡給人的感覺和研讀歷史一樣。那些在過去曾經叱吒風雲的人物，他們全都只是在帆布和顏料下的名字。那時我看過很多人像。」她把注意力轉回畫像上。「一個非常不快樂的傢伙。」她說。

「我的外科醫生覺得是急性骨髓灰白質炎。」

「小兒麻痺嗎？」她思索了一下。「或許吧。我沒這麼想過。但我一直覺得他似乎非常不快樂。這是我所見過最悽慘最難過的面孔，而且我看過的面孔可不少。」

「所以妳覺得這是在謀殺案之後畫的囉？」

「喔是的，顯然是。他不是那種會輕率行事的人。他有那種才幹。他一定知道這是多麼可怕的罪行。」

「妳覺得他是那種事後無法忍耐自己的類型。」

「你說得沒錯！對，他非常想要某個東西，但是到手之後發現付出的代價太大了。」

「所以妳不認為他是真正的壞人？」

「不是，絕對不是。壞人不會難過的。那張臉上充滿了深刻的痛苦。」

他們沉默地一起打量了畫像一會兒。

「你知道嗎，在那之後不久他的獨生子就死了，他一定覺得像是報應。還有他妻子的死。在那麼短的時間裡失去了最親近的人，簡直像是天罰吧。」

「他在乎他太太嗎？」

「他太太是他表親，他們是青梅竹馬。所以不管他愛不愛她，兩人總是可以作伴的。我猜當你坐在王座上的時候，有人相伴一定是一種難得的福氣。我得去巡房了。我甚至還沒問我想問的問題呢。你今天早上覺得怎麼樣？但你有心情關心一個死了四百年的人，這是非常健康的表現。」

自從他第一眼看到她之後，她就一直沒有移動過。她微微內斂地笑了一下，走向門口，雙手仍舊輕輕交握在腰帶前。她有一種超然的姿態。像是修女。像是女王。

午餐時間過後威廉斯巡佐出現了，上氣不接下氣地抱著兩大本書。

「你應該把書交給門房就好，」葛蘭特說，「我沒有要讓你累得滿頭大汗啊。」

「我得上來跟你解釋。我只有時間去一家書店，但那是街上最大的一間。這是他們最好的英國歷史，他們說不管到哪裡都是最好的。」他放下一本看起來就很嚴肅的灰綠色大書，好像想快點擺脫它一樣。「他們沒有專門講理查三世的書。我是說，沒有他的傳記什麼的。但他們給我這個。」那是一本灰色的書，書衣上印著一個紋章。書名叫做《萊比的玫瑰》。

「這是什麼。」

「她好像是他媽媽。我是說書裡的玫瑰。我得走了，五分鐘以後我要回警場去，遲到了警司會扒了我的皮。抱歉沒能找到更多，下次我經過會再去找的。要是這些派不上用場的話，我會看看還有些什麼別的。」

葛蘭特表達了他的感激之意。

他聽著威廉斯活力十足的腳步聲逐漸遠去，開始檢視那本「最好的英國歷史」。結果那是一本所謂的憲政歷史；嚴謹地編纂了事件，中間穿插著逐漸進步的插圖。十四世紀的農耕配著一張出自《魯特瑞爾詩篇》（*Luttrell Psalter*）的插圖；現代倫敦地圖則是倫敦大火的分界點。國王和王后只偶爾出現。譚納的憲政歷史只關心社會進步和政治革新；黑死病、印刷術發明、火藥運用、貿易工會組成等等。但譚納先生時不時會迫於事件的關聯，不得不提到國王和其親族。印刷術的發明就有著這種關聯。

一個來自肯特林地，叫做卡克斯頓的衣料商學徒先是在未來的倫敦市長手下做事，然後帶著老闆在遺囑裡留給他的二十塊銀幣去了布魯日。在低地國家陰鬱的秋雨中，兩個來自英格蘭的年輕難民在淺灘上被人救起時，這個肯特林地的富商伸出了援手。這兩個難民正是愛德華四世和他弟弟理查；愛德華時來運轉，回去統治英格蘭的時候，卡克斯頓也跟著回去了。英格蘭第一批印刷出來的書籍是由愛德華的小舅子替愛德華四世寫的。

他翻過書頁，這麼些毫無個性的沉悶知識讓他感嘆不已。人性的悲哀跟個人毫無關係，報紙讀者早就知道了。慘絕人寰的事件或許會讓一陣寒顫竄下讀者的脊梁，但大家內心仍舊無動於衷。中國大陸洪水千人喪生是新聞：一個孩子在池塘裡淹死就是悲劇。所以譚納先生描述的英格蘭人民進步史值得讚賞，卻沉悶無聊。但在他無法避免個人事件的時候，他的敘述就沒那麼疏離了。比方說在節錄派司頓家族信函的時候。派司頓家的人習慣在訂購沙拉用的油料時穿插一點歷史，同時詢問克萊門在劍橋過得如何。這些日常瑣事中提到了那兩個約克家的小男孩，喬治和理查住在派司頓家的倫敦宅邸中，他們的哥哥愛德華每天都去探訪。

葛蘭特把書放在床單上，視而不見地瞪著天花板。他心想登上英格蘭王位的人沒有人跟愛德華四世和理查那樣曾經過過如此平凡的生活。或許只有之後的查理二世吧。而查理即便在貧困流亡的生活中仍舊是國王之子，與眾不同。住在派司頓家的兩個小男孩只是約克家的小孩而已，沒有任何重要性可言，在派司頓寫信的時候，他們居無定所，還可能沒有未來。

葛蘭特伸手拿亞瑪遜女戰士的歷史書，看看愛德華當時在倫敦幹什麼。他發現愛德華在招兵買馬。「倫敦一向都傾向於約克家族，人們熱切地投向年輕的愛德華麾下。」歷史書上如是說道。

年僅十八的年輕愛德華身為王都人民偶像，即將打第一場勝仗，但他卻仍然每天抽時間去看小弟弟們。

葛蘭特想知道理查對他哥哥堅定不移的忠貞是不是從此而來的。歷史書不僅不否認他終生不渝的堅定忠誠，同時還用這點來當成教訓。「在王兄駕崩之前，理查一直都是他忠實的伙伴，但他無法錯過奪取王位的機會。」《歷史讀者》說得比較直白：「他一直都是愛德華的好弟弟，但他發現自己可能成為國王的時候，貪婪就讓他狠下心來。」

葛蘭特往旁瞥了畫像一眼，決定《歷史讀者》錯得離譜。讓理查狠下心來謀殺的絕對不是貪婪。還是《歷史讀者》指的是對權力的貪婪？或許吧。或許吧。

但理查應該已經有了凡人所能掌握的一切權力。他是國王的弟弟，而且非常富有。往前跨那一小步真的重要到讓他謀殺哥哥的孩子嗎？

這一切都十分詭異。

他繼續思索，汀克太太帶著替換的睡衣來跟他轉述每日新聞標題。汀克太太只看每篇報導的前三行，除非是謀殺案，那樣的話她就會逐字詳讀，然後回家替汀克先生做晚餐的時候在路上買一份晚報。

今天她針對約克的毒殺案重新挖出被害人屍體的絮叨不斷在他耳邊流淌，直到她瞥見床邊書堆上沒人動過的早報。這讓她突然停了下來。

「你今天不舒服嗎？」她關切地問道。

「我好的很，阿汀，沒事的。為什麼問？」

「你連報紙都沒翻過。我姊姊病情惡化的時候就是這樣，對報紙完全沒興趣。」

「別擔心，我在好轉中，連脾氣都變好了。我忘了看報紙是因為我正在看歷史故事。妳聽說過塔裡的小王子嗎？」

「每個人都聽過塔裡的小王子。」

「妳知道他們是怎麼死的嗎？」

「我當然知道。他們睡覺的時候他用枕頭悶死他們。」

「誰？」

「他們的壞叔叔理查三世啊。你在養病，不應該想這種事情的。你應該看些讓人高興、好看的東西。」

「阿汀，妳急著要回家嗎？還是妳可以替我去聖馬丁街跑個腿？」

「不急，我有時間。是要找哈拉德小姐嗎？她要六點多才會到戲院。」

「不是，我知道。但是妳或許可以替我留張字條給她，她到的時候就可以收到了。」

他伸手拿記事本和鉛筆，寫道：

「看在老天份上替我找一本湯瑪士·摩爾寫的理查三世史來。」

他把那一頁撕下來折好，把瑪塔的名字寫在上面。

「交給後門的老薩克斯頓。他會轉交給她的。」

「後門那麼多人用凳子排隊，我最好能擠得進去。」汀克太太說，其實她只是這麼說說而已。「那齣戲大概會永遠演下去了。」

她小心地把那張折起來的紙放進磨損的便宜假皮包包裡，那個包包跟她的帽子一樣是她必備的一部分。葛蘭特每年耶誕節都送她一個新包包；每個都是英國皮貨工藝傳統的極致，令人讚嘆的完美製作及設計；瑪塔．哈拉德拿著去費樺餐廳午餐都不會丟臉。但他禮物送出去之後，就再也沒見過那些包包了。汀克太太認為當鋪只比監獄略高一等，他毫不懷疑她會把他送的禮物拿去變現。他推斷那些包包應該都在某個抽屜裡，仍舊裹著原來的包裝紙。或許她偶爾會把包包拿出來讓別人看看，有時候可能只是純欣賞，或許知道自己有這些包包她就滿意了；就像有些人會覺得「這可以留著帶進棺材」就滿意了一樣。下個耶誕節他要打開她這個破爛包包，這個經年不變的萬用包包，然後在裡面放錢。她當然會把錢亂花掉，花在不重要的小事上；於是到頭來她還是不知道自己把錢花到哪去了，但她在花錢時獲得的小小滿足感能像亮片一樣點綴在她的日常生活中，或許這比知道自己擁有抽屜的收藏更有價值吧。

她發出鞋子和束腹交織的協奏曲離開後，葛蘭特繼續閱讀譚納先生的大作，試圖抱持著跟他一樣對人類的態度。但他發現這很難做到。他的本性和職業都無法讓他對人類整體感興趣。他先天和後天的偏愛都傾向於個人。他艱難地看過譚納先生的統計，渴望著爬橡樹的國王，或是船桅上綁著的掃帚，或是倒掛在馬蹬上的高地人。但至少他滿意地發現十五世紀的英格蘭人「喝水是一種懲罰」。理查三世時代的英格蘭勞工似乎深受歐洲人欽羨。譚納先生引用了同時期的法國著作。

法國國王不讓任何人使用鹽，除非以他壟斷的價格向他購買。軍隊做什麼都不用付錢，稍有不滿就殘暴地對待人民。所有種植葡萄的農民都要上繳四分之一的收成給國王。所有的城鎮都要每年交大筆的稅賦給國王的軍隊。農民生活悲慘困苦。他們沒有羊毛衣可穿，只有粗麻短衫，褲長無法及膝，只能光裸著腿。女人全都打赤腳。除了湯裡鹹肉的油脂之外，人民沒有肉吃。貴族也沒好到哪裡去。要是有人控告，他們就會被帶走私下偵訊，然後就可能再也不回來了。

英格蘭的情況則截然不同。不經許可沒有人會擅闖民宅。國王不能任意徵稅、修改法律或制訂新法。英格蘭人只有在受罰的時候才喝水。他們食用各種肉類和魚類。他們全身都穿著優質的羊毛衣物，家中有各種生活用品。只有法官能審判英格蘭人。

葛蘭特覺得要是你日子過得很辛苦，但卻想去探望你女兒的第一胎的話，知道你一路上都能在教堂獲得食宿，不必擔心如何籌措旅費，一定很讓人欣慰。他昨天晚上入睡時惦記的青翠英格蘭對此功勞不小。

他翻過十五世紀的部分，找尋針對私人的敘述；找尋一道或許可以照亮舞台上他想要的一幕的耀眼光芒。但內容只是一般敘述，令人十分沮喪。根據譚納先生的說法，理查三世時代的議會是史上最自由，最積極進取的；而對於理查私人的罪行影響到他謀求公益的熱誠，可敬的譚納先生感到遺憾。譚納先生對理查三世的看法似乎僅止於此。除了數百年來持續滔滔不絕的派司頓家族之外，他對人類的記錄裡似乎沒有人活過的痕跡。

他讓書滑下胸口，用手摸索到《萊比的玫瑰》。

5

《萊比的玫瑰》是小說，但至少比譚納的英格蘭憲政史容易拿在手上閱讀。此外，這幾乎是值得拿來當成閒聊的題材，幾乎算是像樣的歷史小說類型。這是一本虛構的傳記，而不是虛構的故事。不管依芙琳・裴恩艾里斯是誰，她都描繪了人物和族譜，似乎也沒有像他跟他表妹蘿拉小時候說的，試圖「用力寫得跟真的一樣」。書裡沒有「聖母在上」、沒有「如此這般」、也沒有「惡黨」。這是一本實實在在的小說。

而且比譚納先生有啟發性多了。多得多了。

葛蘭特相信要是你無法查出某人的真相，那評估此人最好的辦法就是瞭解該人的母親。

所以在瑪塔替他找到絕對不會出錯的大聖人湯瑪士・摩爾對理查的私人記述之前，

他很樂於閱讀約克公爵夫人希希莉．奈維爾的虛構傳記。

他瞥向族譜，心想要是約克家的愛德華跟理查兄弟過的平凡生活在國王裡算是特例的話，那他們英格蘭血統的純正也算是獨特的了。他驚嘆地望著他們的家系。奈維爾、費茲亞倫、波西、哈蘭德、莫提摩、克利福德和奧德利，還有金雀花。伊莉莎白女王（她還以此自滿呢）是純正的英格蘭人，如果威爾斯血統也算英格蘭的話。但跟從征服者到農夫喬治之間，曾經登上英格蘭王位的所有混血君主——混法國、混西班牙、混丹麥、混荷蘭、混葡萄牙——比起來，愛德華四世和理查三世可是土生土長的純粹在地產物。

他注意到他們的母系跟父系一樣都是王室血統。希希莉．奈維爾的祖父是岡特的約翰。蘭開斯特家族的第一代。她丈夫的祖父與外祖父分別來自愛德華三世的另外兩支後裔。所以愛德華三世的五個兒子裡，有三個貢獻了約克兩兄弟的血脈。

「身為奈維爾家人，」裴恩艾里斯小姐說，「就有一定的重要性，因為他們是大地主。奈維爾家的人幾乎一定相貌俊美，因為這是他們家的傳統。奈維爾家的人都很有個性，他們善於展現自身的特色和氣質。希希莉．奈維爾有幸結合了以上三種奈維爾家的天賦，並且發揮到極致。她在北方被迫於紅白玫瑰中擇一之前，早就是北方唯一的玫瑰了。」

裴恩艾里斯小姐認為希希莉．奈維爾和約克公爵理查．金雀花的婚姻是愛情的結合。葛蘭特對這個論點報以幾近輕蔑的懷疑，然後他注意到了這樁婚姻的幾個結果。家中每年添丁在十五世紀只意味著生育力旺盛。希希莉．奈維爾跟她迷人的丈夫的長串子女，只顯示他們同居，跟愛情沾不上邊。但在一個妻子只要乖乖留在家裡相夫教子的年代，希希莉．奈維爾卻常常伴隨丈夫出遊，光是這樣就夠不尋常了。他們顯然享受彼此的陪伴。他們出遊廣泛和頻繁的程度可以從子女的出生地看出來。她的長女安出生於家族在北安普頓郡的法瑟林蓋城堡。死於襁褓中的亨利在哈特菲爾德出生；愛德華生在魯昂，公爵在那裡執行公務。愛德蒙和伊莉莎白也出生於魯昂。瑪格莉特生在法瑟林蓋；早夭的約翰在威爾斯的尼斯。喬治在都柏林（葛蘭特懷疑這會不會跟喬治那種無法言喻，幾乎像是愛爾蘭人一樣的冥頑不靈有關係？）理查出生在法瑟林蓋。

希希莉．奈維爾並沒有在北安普頓郡的家裡，坐等她的主君高興的時候才去找她。她伴隨著他東奔西跑，不離左右。這是支持裴恩艾里斯小姐理論的有力假設。最謹慎的說法是他們的婚姻顯然非常美滿。

這或許可以解釋愛德華的家族羈絆，他在百忙之中仍舊每天去派司頓家探望兩個弟弟。約克家族在蒙難之前就十分團結。

這點在他翻閱書頁，看見一封信的時候，無意間得到了證實。兩個年長的男孩愛德華和愛德蒙寫信給父親。他們當時在勒德洛城堡接受教育，他們趁著復活節的週六有個家臣要回去的時候，跟父親大肆抱怨家庭教師有多麼地「可憎」，並懇求父親傾聽這個叫做威廉．史密斯的家臣敘述的內容。他們要此人詳述他們所受的迫害。這封求救信開頭和結尾的鋪陳都甚佳，只不過他們感謝父親送衣服過去，卻忘了他們的祈禱書這段，略微有損全信的嚴肅性。

認真負責的裴恩艾里斯小姐註明了這封信的出處（顯然是柯頓手稿[13]的一部分），他緩慢地翻閱，找尋其他類似的內容。確實的證據是警察的好物。

他找不到其他段落，但他看到一段引人注意的家族描寫。

公爵夫人走到倫敦冬日早晨明亮刺眼的陽光下，站在台階上望著他們離去：她的丈夫、兄弟和兒子。德克和他的外甥把馬牽到前庭，鴿子和麻雀紛紛從圓石地上振翅飛起。她望著丈夫上馬，跟往常一樣平靜從容，心想他展露的表情簡直像是要去法瑟林蓋瞧瞧新的家畜，而不是要前往戰場一樣。她哥哥薩里斯伯里伯爵則是個情緒大起

13 Cotton manuscripts，英國私人蒐藏家羅伯特．布魯斯．柯頓爵士（Robert Bruce Cotton，1571~1631）收藏的重要文稿，其中包括英國歷史和文學上最重要的文獻，如《大憲章》（*Magna Carta*）和《貝爾武夫》（*Beowulf*）。

大落的奈維爾家人；他知道他們即將面臨的一切，但努力露出坦然自若的樣子。她望著他們倆，在心中對他們微笑。但讓她的心揪在一起的是愛德蒙。愛德蒙才十七歲，非常纖瘦、非常青澀、非常脆弱。他即將第一次出征，驕傲與奮地滿臉通紅。她想對丈夫說：「照顧愛德蒙。」但她沒法這麼做。她丈夫不會明白的；愛德蒙要是起疑的話會勃然大怒。只大他一歲的愛德華此刻已經在威爾斯邊界率領自己的軍隊，那他愛德蒙當然也能親自上戰場。

她瞥向身後跟著自己出來的三個年幼的孩子：滿頭金髮的瑪格莉特和喬治，總是站在後面一步之遙的醜小鴨理查，他深色的眉毛跟褐色的頭髮讓他看起來像個外人。懶散好脾氣的瑪格莉特帶著十四歲少女的感傷，眼眶濕潤地望著這一切；喬治則充滿了羨慕和義憤，因為他才十一歲，無法上馬從戎。瘦小的理查則無動於衷，但他母親覺得他像被輕拍的鼓一樣微微顫動。

三匹馬奔出前庭，和在路上等待的僕從會合，蹄聲噠噠，裝備錚鏦作響。兒童歡呼蹦跳，揮手送他們馳出城門。

曾經目送許許多多的人，許許多多的家人上戰場的希希莉轉身回到屋內，胸口異常沉重。她雖然百般不情願，心中仍有一個聲音說，這次會是誰無法歸來？

她完全無法想像恐怖的事實竟然是他們全都回不來，她永遠都無法再看到他們任何人了。

這一年還沒過完，她丈夫的腦袋就被砍下來，戴著侮辱他的紙王冠掛在約克的米高蓋特門上，她哥哥和兒子的腦袋則分別掛在另外兩個城門上。

好吧，這可能是小說，但對理查的簡短描述卻很有啟發性。金髮家庭裡的深色頭髮異類。「看起來像是外人」的孩子。他是「醜小鴨」。

他暫時不管希希莉．奈維爾，在書中找尋她的兒子理查。但是裴恩艾里斯小姐似乎對理查沒有什麼興趣。他只是家族裡吊車尾的小子。在前頭大放異彩的英俊青年比較合她的口味。愛德華出色得多了。他跟奈維爾家的表親，薩里斯伯里的兒子沃瑞克並肩作戰，打贏了陶頓戰役。人民對蘭開斯特家族的殘暴記憶猶新，他父親的腦袋還釘在米高蓋特門上，他證明了自己性格中的寬宏大量。在陶頓之役中他收容所有求助的人。他在西敏寺加冕，成為英格蘭國王（兩個結束在烏特勒支流亡生涯的小男孩分別受封為克萊倫斯公爵和格洛斯特公爵）。他替父親和弟弟愛德蒙在法瑟林蓋教堂主持了隆重的葬禮（在五個七月的大晴天中，護送遺體從約克郡移到北安普頓郡的是十三歲的理查。這時距離他在倫敦巴納德城堡的台階上望著他們騎馬離開，已經將近六年）。愛德華當上國王後好一陣子，裴恩艾里斯小姐才讓理查再度回到故事中。他和奈維爾家的表親一起在約克郡的米德爾赫姆受教育。

理查騎到城堡的陰影下，避開了文斯勒德的疾風和明亮的陽光，他覺得此地有種奇特的氛圍。守衛在城門旁的小屋裡興奮地大聲喧嘩，看見他來似乎被潑了一頭冷水。在突然的沉默中，他策馬進入這個時候本來應該忙碌嘈雜的中庭。馬上就要到晚餐時分了，習慣和飢餓讓米德爾赫姆的所有居民放下手邊不同的工作，就像他放鷹歸來準備吃晚餐一樣。這種沉默，這種荒涼，未免太不尋常了。他把馬牽到馬廄，但那裡竟然沒有馬夫。他卸下馬鞍，注意到旁邊的馬欄裡有一匹筋疲力盡的棕馬；這匹馬不是米德爾赫姆的，這匹馬累得吃不下東西，頭低低地垂在雙膝之間。

理查替自己的馬刷洗，給牠披上毯子，準備了乾草和新鮮的水然後才離開；他心裡想著那匹疲累的馬和異常的靜默。他在門口停下，聽見大廳那邊傳來聲音；他考慮要不要在上樓回自己房間前先過去看看。他正遲疑著，聽到樓梯上傳來一個聲音：「噓——噓——噓！」

他抬頭看見安表妹[14]從欄杆上方探出頭來，兩條金色的長辮子像鐘繩一樣晃盪。

14 編按：此處依小說原文譯為表妹（cousin），但實際上依照人物表所示輩份，安・奈維爾應該是理查三世的表姪女，其表兄沃瑞克之女。之後的希希莉姑媽（aunt）亦按原文譯。

「理查！」她壓低聲音說，「你聽說了嗎？」

「出了什麼事？」他問。「怎麼了？」

他上樓走到她身邊，她抓住他的手，拉著他往頂樓的教室走去。

「到底是怎麼回事？」他問，往後抽身抗拒她匆忙的動作。「發生什麼事了？糟到妳不能在這裡告訴我啊！」

她把他推進教室關上門。

「是愛德華。」

「愛德華？他生病了嗎？」

「不是啦！緋聞！」

「喔，」理查鬆了一口氣。愛德華永遠都有緋聞。「怎麼了？他又有新的情婦了嗎？」

「比那糟多了！喔，糟太多太多了。他結婚了。」

「結婚了？」理查重複。雖然他語氣平靜，但心中難以置信。「他不可能結婚的。」

「但是他真的結婚了。一小時前倫敦傳來的消息。」

「他不可能結婚的，」理查堅持，「國王結婚需要從長計議。要經過許多斡旋，簽許多合約。我想甚至需要議會批准。妳為什麼以為他結婚了？」

「不是我以為，」安說，對理查冷靜的反應失去耐心。「為了這件事全家人正在大廳裡鬧得不可開交。」

「安！妳在門口偷聽了嗎？」

「哎喲，不要這麼死板好嗎。反正我也不用多費力偷聽，你在河對岸都聽得見他們的聲音。他娶了格雷夫人！」

「格雷夫人是誰？葛洛比的格雷夫人嗎？」

「對。」

「但是他不能娶她。她很老耶，而且有兩個孩子。」

「她比愛德華大五歲，而且我聽說她非常漂亮。」

「這是什麼時候的事？」

「他們已經結婚五個月了。在北安普頓郡舉行了祕密婚禮。」

「但是我以為他要娶法國國王的妹妹啊。」

「我父親也這麼以為。」安意味深長地說。

「沒錯，沒錯，這樣令尊的處境就非常尷尬了，不是嗎？在經過這麼久的斡旋之後。」

「倫敦來的使者說他暴跳如雷。這不只讓他看起來像個傻瓜，而且她似乎有好多他痛恨的親戚。」

「愛德華一定是著魔了。」在理查英雄崇拜的眼光中，愛德華的所作所為永遠都是正確的。這種愚行、這種無法否認、無從抵賴的愚行，只能用著魔來解釋。

「我母親會非常傷心。」他說，他想到父親和愛德蒙被殺，蘭開斯特大軍壓境時，母親是多麼勇敢。她並沒有縮在自怨自艾的保護殼裡哭泣。她安排他和喬治到烏特勒支避難，就像安排他們去上學一樣。他們可能再也無法相見，但她只冷靜實際地替他們張羅橫渡海峽之旅的禦寒冬衣。

她要如何承受更多的打擊？這種毀了一切的愚蠢之舉。

「對啊，」安的態度緩和下來。「可憐的希希莉姑媽。愛德華這樣傷害大家，真是太可惡了。太可惡了。」

但愛德華還是不會犯錯的。要是愛德華做了錯事，那就是因為他生病了、著魔了、要不就是被下了蠱。理查仍舊是愛德華的盟友，忠貞不二。

其後多年他們的同盟——成年人互相接納諒解的同盟——也仍舊是全心全意的。

故事繼續描述希希莉．奈維爾的苦難，以及她如何努力讓半是欣喜半是羞愧的兒子愛德華和怒火中燒的姪兒沃瑞克和好。此外還有長篇大段描寫那位擁有出名的「鍍金」秀髮的堅強美女，她辦到了許多溫柔佳麗無法做到的事；以及她在雷丁修道院封后的過程（她由沉默抗議的沃瑞克領向王座，他無法忽略眾多的伍德威爾家人，他們前來看姊姊伊莉莎白受封為英格蘭王后）。

理查下一次在故事中出現，是他在港口搭上一艘剛好停在那裡的荷蘭船，身無分文地前往林恩的時候。他哥哥愛德華和愛德華的朋友海斯汀爵爺，以及數名隨從跟他同行。他們全都身無長物，經過一番爭論之後，船長同意用愛德華的毛皮斗篷抵船資。

沃瑞克最後決定自己無法忍受伍德威爾家族。他既然能將表親愛德華捧上英格蘭王位，當然也可以輕易讓他下台。整個奈維爾家族都是他的後盾，令人難以置信的是，連冥頑不靈的喬治也積極助他一臂之力。喬治決定，比起效忠哥哥愛德華，娶沃瑞克的另一個女兒伊莎貝爾，獲得蒙特鳩、奈維爾和博尚半數土地的繼承權要划算得多。十一天之內沃瑞克就成了英格蘭的主宰，舉國震驚。愛德華和理查則跋涉過十月的泥濘，從阿爾克馬爾逃到海牙。

從那時開始，理查就一直隱身在故事的幕後。歷經布魯日悲慘的冬天，到勃根地投靠瑪格莉特；當年在巴納德城堡的台階上跟他和喬治一起目送父親出征的瑪格莉特，剛剛成為勃根地公爵夫人。瑪格莉特，好心腸的瑪格莉特，就跟未來的許多人一樣，因喬治不可解的行動備感哀傷煩惱。她一面替另外兩個比較正直的兄弟籌募資金，一面致力於傳教工作。

連裴恩艾里斯小姐對偉大的愛德華的興趣，都不足以讓她掩飾用瑪格莉特的錢雇用船隻、招兵買馬的理查。一個還不到十八歲的理查。愛德華跟少得荒謬的支持者再度在英格蘭的荒野上紮營，跟喬治的大軍對峙時，是理查到喬治的營地去說服被瑪格莉特打動的喬治，使他讓出通往倫敦的路來。

葛蘭特心想，最後這件算不上什麼大事。顯然任何人都可以說服喬治。他天生就耳根子軟。

第二天上午十一點的時候，他還沒看完《萊比的玫瑰》，還沒享受完小說禁忌的樂趣時，瑪塔的包裹就到了。裡面是比較上得了台面的娛樂：聖人湯瑪士爵士記述的歷史。

隨書附著一張瑪塔昂貴的硬挺便箋，上面是她奔放的筆跡：

我沒法親自送來，只好用寄的。我忙得簡直要瘋了。關於布萊辛頓夫人的戲，我想我跟馬德蓮·馬區僵持不下。我在任何書店都找不到湯瑪士·摩爾，所以就去了圖書館。完全不知道為什麼沒人想到圖書館。可能是因為大家覺得圖書館的書都破破爛爛的吧。我覺得這本乾淨得很。你有十四天的時間。聽起來像是判決而不是租期。我希望你對駝背的興趣表示刺痛已經沒那麼蕁麻了。回見。

瑪塔

書看起來確實很乾淨不破爛，只是有點舊了。但在輕鬆的《玫瑰》之後，書中字體看起來很無趣，密密麻麻的段落讓人望之生畏。但他還是興致勃勃地開始閱讀，畢竟這可是關於理查三世的「權威報導」。

一個小時後他從字裡行間浮上來，略感不安而困惑。並不是書中內容讓他驚訝；裡面的記載都在他意料之中，只不過他沒料到湯瑪士爵士會這麼寫。

他夜不安枕，輾轉反側，思緒翻騰；勞心勞力讓他疲憊萬分，與其說是睡眠，不如說他陷入昏沉。最令人髮指的惡行不斷在他心中反覆浮現。

這沒什麼問題。但當他加上「這是他的僕役們透露的祕密」時，就頓時使人退避三舍了。書頁中散發出僕人的道聽途說和流言蜚語的氣息。於是讀者的同情不知不覺間就從志得意滿的敘述者身上，轉到那個在床上夜不成眠備受煎熬的可憐傢伙了。這個殺人凶手似乎比撰寫他事跡的人來得正派。

這簡直本末倒置了吧。

葛蘭特心生不安，自己在聽證人講述一個完美的故事，但他知道有某處不對勁時也會浮現同樣的感覺。

這非常使人困惑。像湯瑪士・摩爾這樣四百年來受人敬重的正派人士的記述，會有什麼不對勁的地方？

葛蘭特覺得護士長一定很熟悉摩爾筆下的理查。一個焦慮緊張，飽受苦難，能做出非常邪惡之事的人。「他心中無一刻安寧，從無安全感。他的視線四下張望，全身暗暗戒備，手永遠放在匕首上，表情和態度像是隨時準備出擊。」

書中自然也有葛蘭特在學生時代就記得的那戲劇性又歇斯底里的一幕；每個學童大概都不會忘記。他登上王座之前在倫敦塔召開議會的那一幕。理查突然質問海斯汀，策劃謀害護國主的人應該有什麼下場。他瘋狂地指控愛德華的妻子和情婦珍・雪爾施巫術讓他的手臂萎縮殘廢。他憤怒地大拍桌子，這是讓他的武裝侍衛衝進來逮捕海斯汀爵爺、史坦利爵爺和伊利主教約翰・莫爾頓的信號。海斯汀掙扎被拖到中庭，對臨時找來的神父懺悔後，就立刻在一塊木頭上被斬首。

這顯然是個會在憤怒、恐懼和復仇的心態之下不擇手段衝動行事——繼而後悔的人。

但他似乎也善於陰謀策劃。六月二十二日，他讓倫敦市長的兄弟蕭博士在保羅十字堂講道，題目是：「雜枝不應植。」蕭博士宣稱愛德華和喬治都是約克公爵夫人跟別人私通生下的，約克公爵的親生兒子只有理查一人。

這簡直荒謬得令人難以置信，葛蘭特回頭重看了一遍。但他沒有看錯。理查為了自己的利益，公然用如此不堪的罪名毀謗母親。

好吧，這是湯瑪士・摩爾爵士說的。要論知道真相的人自然非湯瑪士・摩爾爵士莫屬。要論誰該知道如何記錄可信的故事，也該是英格蘭大法官湯瑪士・摩爾。

湯瑪士爵士說，理查的母親傷心地抗議親生兒子對自己的污衊。這是理所當然的，葛蘭特心想。

至於蕭博士，他深深自責。自責到數日之內就形銷骨立，黯然辭世。

葛蘭特猜他八成是中風了。這也不奇怪。要在全倫敦市民面前講這個故事，絕對需要非常大的勇氣。

湯瑪士爵士對塔裡的小王子的記述跟亞瑪遜女戰士講的一樣。但湯瑪士爵士的版本比較詳細。理查跟倫敦塔治安官羅伯特・布萊肯貝利說小王子們就此失蹤可能比較好，但布萊肯貝利不願參與這件事。於是理查等到加冕典禮之後出巡英格蘭，到沃里克時才派泰瑞爾回倫敦，要他接管倫敦塔的鑰匙一晚上。那天晚上兩個惡棍戴頓和佛瑞斯特，一個是馬夫一個是守衛，把兩個孩子悶死了。

就在此時侏儒端著他的午餐進來，從他手裡把書拿走。他把牧羊人派用叉子送進嘴裡，再度想著那個罪犯的面孔。那個忠貞又有耐心的弟弟最後變成了怪物。

侏儒回來收餐盤時，他說：「妳知道理查三世在當時很受歡迎嗎？我是說在他當上國王之前。」

侏儒惡狠狠地瞥了畫像一眼。

「要是你問我的話，我覺得他一直都是個陰險的傢伙。他很會耍心機，默默地等待機會。」

等待機會做什麼？她端著餐盤離開病房時他想道。理查不可能知道他哥哥愛德華會在四十歲英年早逝。他不可能預見喬治（就算他們童年時異常親密）最後被褫奪王權，兩個孩子也失去王位繼承權。沒有目標的話是要等什麼機會？

有著鍍金美髮的堅強貞淑美女除了喜歡內舉不避親之外，確實是個令人欽佩的王后，還替愛德華生了許多健康的孩子，包括兩個兒子在內。她的孩子們，以及喬治的子女，都比理查更有資格繼承王位。一個忙著治理英格蘭北部，或是忙著跟蘇格蘭對抗（並且打了輝煌勝仗）的人還有時間或興趣「耍心機」。

是什麼在這麼短的時間內徹底改變了他？

葛蘭特伸手拿《萊比的玫瑰》，看裴恩艾里斯小姐如何描述希希莉・奈維爾的么兒不幸的轉變。但是狡獪的作者巧妙地規避了這個部分。她要讓這本書喜劇收場，要是情勢照理發展的話，就必然會成為悲劇。因此她用響亮的大調作結，最後一章以愛德華的長女伊莉莎白的成人宴收尾。這樣就避開了伊莉莎白兩個弟弟的下場，以及理查戰死的悲劇。

於是本書以宮廷宴會作結，年輕的伊莉莎白穿著新的白色禮服，戴上第一串珍珠，像童話裡的公主一樣興奮愉快地跳著舞，簡直要把鞋底磨穿了。理查跟安帶著他們孱弱的小兒子從米德爾赫姆來參加宴會。但喬治跟依莎貝爾都不在。依莎貝爾多年前就默默地死於難產，喬治似乎並不傷心。喬治自己也莫名其妙地死去，但他獨特的冥頑不靈就足以讓他名留後世了。

喬治的一生就是一段又一段誇張的精神放蕩。每一次他的家人一定都說：好吧，這回應該是最嚇人的一次了；就算喬治自己也想不出比這更異想天開的花招吧。但喬治總能讓他們驚訝。喬治的荒唐是沒有止境的。

這一切的因或許是在他第一次跟岳父聯手時就種下了。沃瑞克讓他成為可憐瘋狂的傀儡國王亨利六世的繼承人，沃瑞克把亨利拱上王座給表親愛德華難看。理查到蘭開斯特營地去說服喬治的那天晚上，沃瑞克讓喬治登基、女兒成為王后的希望就破滅了。但喬治可能對這種身居要位的感覺上了癮，在往後的歲月中他們家的人都得阻止喬治出人意表的各種奇行，或是替他收拾爛攤子。

依莎貝爾去世時，喬治深信她是被侍女毒害的，而他尚在襁褓的兒子也遭另一人下毒。愛德華認為事態嚴重，下詔在倫敦的法庭審理，但卻發現喬治已經讓當地的法庭審判，把嫌犯吊死了。愛德華大為震怒，逮了兩個喬治的家臣處以叛國罪名，藉以教訓喬治；但喬治非但沒會意過來，反而宣稱這是司法謀殺，沸沸揚揚地鬧到簡直是欺君犯上的地步。

然後他決定要娶全歐洲最富有的女繼承人，也就是瑪格莉特的繼女，勃根地的瑪麗。好心的瑪格莉特心想讓他加入勃根地應該不錯，但愛德華已經決定支持奧地利的麥西米倫當瑪麗的夫婿，喬治總是讓他難堪。

勃根地的婚事告吹之後，全家都希望能平靜一下。畢竟喬治擁有奈維爾一半的領地，用不著為了金錢或後裔再婚。但喬治又生出新花招，他打算娶蘇格蘭詹姆斯三世的妹妹瑪格麗特。

他的妄自尊大從自行和外國法庭祕密協商，升級到公然炫耀讓他成為亨利六世繼承人的蘭開斯特憲章。這使他不得不接受另一個議會的審判，而這個議會不友善得多了。

愛德華和喬治在審判上唇槍舌劍大鬧了一場，最後不出所料喬治被褫奪公權時，卻沒有立刻執行。廢除喬治的地位和權力確實有必要，但處決他就是另外一回事了。

日子一天一天地過去，判決仍舊沒有執行，下議院發出了通牒。第二天就傳出了克萊倫斯公爵喬治死於倫敦塔的消息。

倫敦人說他淹死在一桶馬德拉葡萄酒裡。這原本只是倫敦人形容酒鬼死掉的俗語，卻讓喬治名留青史，永垂不朽。他根本沒這個份量。

所以喬治並沒參加西敏寺的宴會，裴恩艾里斯小姐最後章節的重點並不是身為人母的希希莉·奈維爾，而是大家族的祖母希希莉·奈維爾。喬治任意妄為，眾叛親離，最後死時身敗名裂；但他的兒子，年輕的沃瑞克是一個像樣的好孩子，十歲的小瑪格莉特也已經展現出奈維爾家的美貌傳承。十七歲就枉死沙場的愛德蒙或許值得惋惜，但可堪告慰的是，她沒想到能養大這個嬌弱的小孩，而且他還有個兒子。二十來歲的理查仍舊好像風吹就斷，但他卻跟石南花根一樣堅韌，或許他孱弱的兒子長大也會跟他一樣堅強。至於愛德華，她高大金髮的愛德華，他的俊美或許已經轉為肥滿，他的和藹已經變成怠惰，但他兩個小兒子和五個女兒全都具備了家族的個性和美貌。

身為這一家人的祖母，她可以自傲地望著滿堂的子孫；身為英格蘭的公主，她可以安心地望著他們。王位將在約克家中世世代代地傳承下去。

要是有人帶著水晶球去參加宴會，告訴希希莉·奈維爾四年之內不僅約克家的血脈就此斷絕，連金雀花王朝也將走入歷史，她一定會覺得那人不是瘋了就是意圖叛亂。

但裴恩艾里斯小姐並沒有掩飾奈維爾——金雀花的宴會上有眾多的伍德威爾家人的事實。

她環視大廳，暗自希望她的媳婦伊莉莎白沒這麼慷慨，或是沒這麼多五親六戚。跟伍德威爾家族連姻的結果比任何人料想中都好；伊莉莎白是個令人欽佩的賢妻良母；但隨之而來的附加物就沒這麼好了。或許兩個小男孩由她大弟瑞佛斯監護是無可避免的；瑞佛斯即使像暴發戶似的喜歡炫耀，而且野心畢露，但他教養良好，很適合在勒德洛城堡監督兩個孩子進學。但其他人：四個兄弟、七個姊妹，以及她跟前夫生的兩個兒子，都隨著她一起進入婚姻市場，實在有點消受不起。

希希莉從笑鬧著玩捉迷藏的孩子望到站在晚餐桌周圍的大人。安．伍德威爾嫁給了艾塞克斯伯爵的繼承人。依蓮娜．伍德威爾嫁給了肯特伯爵的繼承人。瑪格莉特．伍德威爾嫁給了阿蘭德爾伯爵的繼承人。凱薩琳．伍德威爾嫁給了白金漢公爵。賈桂塔．伍德威爾嫁給了史特蘭奇爵爺。瑪麗．伍德威爾嫁給了賀伯特爵爺的繼承人。約翰．伍德威爾娶了年紀足以當他祖母的諾福克老公爵的遺孀，名譽掃地。新的血脈重振古老家族是件好事——新的血脈總會滲入——但新血脈突然之間從同一個來源大量注入，就不是好事了。這像是國家的政治血統突然因為異物入侵，難以同化而發起燒來。不明智且令人遺憾。

然而，往後有漫長的年月可以慢慢融合這股新血。突然加入政壇的勢力會慢慢稀釋分散，沉澱下來，不再如此危險，令人不安。愛德華雖然和藹但精明又理智；他會像過去將近二十年來一樣，繼續維持國家的均衡。沒有人像敏銳、懶散又好女色的愛德華這樣專制又輕鬆地治理英格蘭。

到頭來一切都會沒事的。

她正要起身跟他們一起聊聊甜食——不能讓他們覺得她挑剔或冷漠——她的孫女伊莉莎白就上氣不接下氣地笑著從混戰中掙脫出來，衝到她身邊坐下。

「我已經大到不能玩這種遊戲了，」她喘著氣說，「衣服會搞得一團糟。奶奶，妳喜歡我的禮服嗎？我費了好大勁才讓父親讓我做新的。他本來說我穿那件舊的黃絲綢就可以了。瑪格莉特姑媽從勃根地來看我們的時候我穿的那件。有個注意女人穿什麼衣服的爸爸真是糟透了。他太瞭解我的衣櫃。妳聽說法國王儲拋棄我了嗎？父親非常生氣，可是我太開心了。我替聖加大利納點了十根蠟燭呢。我的零用錢只剩那麼多了。我不想離開英格蘭。我永遠都不想離開英格蘭。奶奶，妳能幫我想想辦法嗎？」

希希莉微笑著說她會試試看的。

「算命的老安克瑞特說我會當王后。又沒有王子要娶我，我看不出來我怎能當上王后。」她停頓了一下，然後低聲加上一句，「她說我是英格蘭王后。我想她八成是喝多了。她非常喜歡香料甜酒呢。」

裴恩艾里斯小姐既然是作者，她這樣暗示伊莉莎白未來會成為亨利七世的妻子，卻不願意面對在此刻和未來之間即將發生的各種不愉快，不僅不公平而且太沒有品味了。讓她的讀者事先知道伊莉莎白會嫁給第一任都鐸國王，就表示讀者也知道她的弟弟們會被謀殺。這讓作者精心設計的歡樂結局場面蒙上了一層揮之不去的陰影。

但整體來說，葛蘭特想道，從他閱讀過的部分看來，她這個故事講得不錯。他甚至可能找一天把跳過的部分看完。

那天晚上葛蘭特熄了燈，但在寤寐之間他心裡有個聲音說道：「可是湯瑪士．摩爾就是亨利八世。」

這個念頭讓他頓時清醒，他再度把燈打開。

那個聲音的意思當然不是說湯瑪士．摩爾跟亨利八世是同一個人，而是說在用某個人代表統治時期的時候，湯瑪士．摩爾是亨利八世治世的代表。

葛蘭特躺著望向他的檯燈在天花板上投下的光暈，開始思索。湯瑪士．摩爾既然是亨利八世的大法官，那他一定也經歷過亨利七世漫長的統治和理查三世的時代。這有些不對勁的地方。

他伸手拿摩爾的《理查三世史》。本書序文有簡短的摩爾生平，他先前跳過沒看。現在他翻開書，看看摩爾怎能既替理查三世立傳，又能當亨利八世的大法官。理查登基時摩爾幾歲？

他五歲。

倫敦塔議會戲劇性的那幕發生時，湯瑪士．摩爾年方五歲。理查死在博斯沃斯的戰場上時他才八歲。

這本書裡的一切都是道聽途說。

警察最痛恨的詞就是道聽途說了。特別是跟證據有關的時候。

他滿心厭惡地把那本寶貴的書扔到地上，然後才想起這是圖書館的書，他只有十四天的時間可看。

摩爾根本不認識理查三世。他的確是在都鐸朝代長大的。這本書被史學界奉為理查三世研究的圭臬——霍林斯赫德[15]的著作由此取材，莎士比亞的劇本也是。摩爾雖然相信自己筆下句句實言，但事實上全都只是謠傳而已。他的表妹蘿拉稱之為「靴子上的雪」。旁觀者眼中的「福音真理」。摩爾審辯式的思維和正直的人格並無法讓這個故事變成可信的證據。其他很多可敬的正人君子也相信了一九一四年俄羅斯軍隊行經不列顛的故事。葛蘭特已經跟人類打了太久的交道，無法相信某人轉述某人說某人記得看到或聽

15 Raphael Holinshed，1529~1580，英國史學家。著有《霍林斯赫德之英格蘭、蘇格蘭和愛爾蘭編年史》（*Holinshed's Chronicles of England, Scotland, and Ireland*）。

到過的任何事。

真讓他厭惡透頂。

他一有機會一定要立刻找到真正在理查短暫的治世下生活過的紀錄。圖書館可以明天就拿回湯瑪士・摩爾爵士，他們的十四天借閱期可以去死。湯瑪士爵士是個殉道者和偉大的思想家，但亞倫・葛蘭特完全不吃這一套。他亞倫・葛蘭特知道好些聰明人毫無判斷力地相信會讓騙子都臉紅的胡說。他認識一個偉大的科學家深信一塊粗棉布是他的蘇菲雅姨婆，因為一個普利茅斯小巷裡的文盲靈媒這麼告訴他。他認識一個深諳人類心理和演化過程的權威人士被一個惡棍騙光家產，只因為他不相信警方的說法，只相信自己的判斷。他亞倫・葛蘭特認為沒有比偉大的思想家更缺乏判斷力和愚蠢的人了。他亞倫・葛蘭特認定湯瑪士・摩爾已經掃地出門，完全出局；而他亞倫・葛蘭特，明天早上要重新開始。

他睡著的時候仍舊怒火中燒，第二天醒來時怒氣仍未消退。

「妳知道湯瑪士・摩爾爵士根本對理查三世一無所知嗎？」亞瑪遜女戰士龐大的身形一出現在門口，他就義憤填膺地指責道。

她面露驚訝之色；不是因為這句話，而是因為他惡狠狠的口氣。她好像只要再聽到一個嚴厲的字，大眼睛裡就會流下淚來。

「但是他**當然**知道啊！」她抗議。「那是他活的時代啊。」

「理查死的時候他才八歲，」葛蘭特無情地說，「他知道的都是道聽途說。就跟你我知道的一樣。就像了不起的威爾・羅傑斯一樣（Will Rogers）。湯瑪士・摩爾爵士對理查三世的記載完全沒有權威，只是該死的傳聞和謠言。」

「你今天早上不舒服嗎？」她焦急地問。「你是不是發燒了？」

「我不知道有沒有發燒，但我的血壓可升得很高。」

「喔，天啊，天啊，」她把他的話當真了。「你之前狀況一直那麼好。茵格翰護士會很難過的。她一直炫耀你恢復得多快呢。」

葛蘭特從沒想到侏儒會拿他當炫耀的話題，但這並不能給他任何安慰。他決定要盡快努力發燒，好反駁侏儒。

但早上瑪塔來看他，打斷了他用意志力控制身體的實驗。

瑪塔對他心理健康關心的程度，似乎跟侏儒對他身體健康關心的程度不相上下。她很高興自己和詹姆斯在印刷廠的結果如此有效。

「所以你決定要研究波金・沃白克了嗎？」她問道。

「不是，不是沃白克。告訴我：妳為什麼給我理查三世的畫像？理查沒有什麼祕密，不是嗎？」

「沒有。我想我們只是拿來陪襯沃白克的故事。不，等一等，我想起來了。詹姆斯把這拿起來說：『如果他喜歡研究人臉，這絕對適合！』他說：『這是歷史上最惡名昭彰的謀殺犯，但是我覺得他長著一張聖人的臉呢。』」

「聖人！」葛蘭特說，接著他想起來了。「『責任感很強』。」他說。

「什麼？」

「沒事。我剛剛想起來我第一次看到這張畫像時的感想。妳也覺得他看起來像個聖人嗎？」

她望向那張靠在書堆旁的畫像，「逆光我看不清楚。」她說著把畫像拿起來仔細端詳。

他突然想起來看人的臉對瑪塔來說，跟威廉斯巡佐一樣是職業習慣。傾斜的眉毛，抿起的嘴，對瑪塔和威廉斯來說都是個性的表徵。事實上她真的為了自己演出的不同角色而裝扮出不同的面孔。

「茵格翰護士認為他很陰沉。戴瑞爾護士覺得他很恐怖。我的外科醫生認為他有小兒麻痺症。威廉斯巡佐覺得他是天生的法官。護士長認為他是飽受煎熬的苦難靈魂。」

瑪塔沉默了一會兒。然後她說：「真奇怪。你知道嗎，第一次看這幅畫像的時候，你會覺得這是張刻薄可疑的臉，甚至心地不善；但多看一會兒你就會發現完全不是這樣。這張臉很平靜，其實很祥和的。或許詹姆斯說像聖人是這個意思。」

「不，不，我不覺得是這樣。他意思是——聽從自己的良心。」

「不管怎樣，這是一張**面孔**，不是嘛！不只是結合了視覺、呼吸和吃飯的器官。一張非常有趣的臉。你知道嗎，只要稍微改一下，就可能變成偉大的羅倫佐[16]呢。」

「妳不會覺得這其實真的是羅倫佐，我們完全認錯人了吧？」

「當然不是。你為什麼會這麼疑心？」

「因為這張臉跟歷史完全不符合。以前也有畫像被認錯的啊。」

「當然有被認錯的，但這確實是理查。原畫——或者說據信是原畫的作品在溫莎城堡裡，詹姆斯告訴我的。那是亨利八世收藏的一部分，已經有四百年歷史了。哈特菲爾德和奧爾伯里都有複製品。」

「這是理查，」葛蘭特認命地說，「我只是對人臉一無所知。妳在大英博物館有認識的人嗎？」

「大英博物館？」瑪塔問，她的注意力仍在畫像上。「好像沒有耶。我一時之間想不起來。我飾演埃及豔后，跟傑佛瑞演對手戲的時候——你看過傑佛瑞演安東尼嗎？——去大英博物館看過埃及的首飾。那裡非常高尚優雅，但我覺得很嚇人。那裡藏了太多的

16 Lorenzo the Magnificent，1449~1492，文藝復興時期義大利梅迪奇家族統治者，包括達文西在內許多當時藝術家都曾受他贊助。

歲月了，給我的感覺跟星星一樣：覺得自己好渺小，好不重要。你問大英博物館幹什麼？」

「我想查理查三世的時代寫的歷史，跟他同時的紀錄。」

「所以神聖的湯瑪士爵士沒派上用場？」

「神聖的湯瑪士爵士根本只聽人胡說八道。」葛蘭特忿忿不平地說。他現在非常討厭人人尊敬的摩爾。

「喔，老天，圖書館的那個人還非常非常景仰他呢。湯瑪士・摩爾爵士寫的理查三世福音。」

「福音個屁，」葛蘭特粗魯地說，「他在都鐸王朝的英格蘭寫下了在他五歲時金雀花王朝發生的事，還都是聽別人告訴他的。」

「五歲？」

「對。」

「喔，老天，他顯然不是權威。」

「差得遠了。這麼說來，他的記載就跟賭馬經紀人的內幕消息一樣可靠。而且他完全是敵方陣營的人。他是都鐸王朝的臣民，自然不會善待理查三世。」

「沒錯，沒錯，我想是這樣吧。你為什麼想知道理查的事，他又沒什麼祕密可以調查啊？」

「我想知道他的動機。那是我覺得最令人費解的祕密。他為什麼一夜之間變了個人？在他哥哥死掉之前他似乎是個非常正直的人，而且對哥哥忠心耿耿。」

「我猜王位一向都是很大的誘惑吧。」

「他在小王子們成年之前都是攝政王，英格蘭的護國主。從他之前的表現看來，你會以為這樣就夠了。你會以為這種職責真的非常適合他：守護英格蘭和愛德華的兒子。」

「或許那個小鬼令人難以忍受，理查早就想『滅了』他。不是常有人說我們總是把受害者想成完美無瑕的好人嗎？像是聖經裡的約瑟。我相信他事實上一定是個非常討人厭的年輕人，早該被人推到坑裡去[17]。或許小愛德華也活該有人默默幹掉他。」

「小王子有兩位。」葛蘭特提醒她。

「對，當然。這件事當然沒有個解釋，真是野蠻到極點。可憐的小綿羊！喔！」

「妳『喔』什麼？」

「我剛剛想起一件事。可憐的小綿羊讓我想起來了。」

「想起什麼？」

17 見舊約聖經〈創世紀〉第三十七章。

「現在不告訴你。等搞定了你就會知道。我得走了。」

「妳說服馬德蓮・馬區答應寫那個劇本了嗎？」

「她還沒真的簽合約，但我想她已經接受這個主意了。再見，親愛的。我很快會再來看你。」

她跟紅著臉的亞瑪遜女戰士擦身而過，像一陣風般地離開了。葛蘭特完全把小綿羊拋到腦後，直到第二天晚上小綿羊真的出現在他面前，他才想起來。小綿羊戴著角質鏡框的眼鏡，不知怎地這非但不影響、反而加強了他的小綿羊形象。葛蘭特本來在打盹，他已經好一陣子沒這麼平靜過了。研讀歷史正如護士長所說，是讓人客觀的好方式。他病房門上的輕敲十分遲疑，讓他以為自己聽錯了。病房門上的敲門聲通常都不會遲疑的。雖然如此他還是說：「請進。」門打開的時候，出現的毫無疑問是瑪塔的小綿羊，葛蘭特不由自主地笑出聲來。

年輕人露出尷尬的表情，緊張地微笑了一下，用細長的食指把鼻梁上的眼鏡往上推，清清喉嚨說：

「葛蘭特先生，我是卡瑞戴恩。布藍特・卡瑞戴恩。希望我沒打攪到你休息。」

「沒有，沒有，請進，卡瑞戴恩先生。很高興見到你。」

「瑪塔——就是哈拉德小姐——叫我來的。她說我可以幫上你的忙。」

「她有說你能怎麼幫忙嗎？請坐。門旁邊有一把椅子，請搬過來坐。」

這個男孩身材很高，沒有戴帽子，高高的前額上頂著柔軟的鬈髮，一件過大的毛呢大衣鬆垮地掛在身上，就跟美國人一樣。顯然他確實是美國人。他把椅子搬過來坐下，大衣像皇族的披風一樣敞在周圍。他和藹的棕眼望著葛蘭特，連角質鏡框也無法遮掩他炯炯有神的迷人眼光。

「瑪塔——就是哈拉德小姐——說你需要查些資料。」

「你是查資料的人嗎？」

「我在倫敦這裡作研究。我是說，歷史研究。她說你有那方面的需求。她知道我大概每天上午都在大英博物館。我非常樂意幫你的忙，葛蘭特先生。」

「你太好了，真的太好了。你在研究些什麼？我是說你的主題。」

「農民起義。」

「喔，理查二世。」

「對。」

「你對社會狀況有興趣嗎？」

年輕人突然露齒一笑，非常不像學生。他說：「不，我對留在英國有興趣。」

「你不作研究就沒辦法待在英國嗎？」

「沒那麼容易。我得有個藉口。我老爸認為我應該繼承家族事業。我們是賣家具的。家具大盤商。郵購的。不要誤會，葛蘭特先生；我們賣的是好家具，堅固耐用。我只是對家具沒什麼興趣。」

「所以除了極地探險之外，你最好的逃避方法就是去大英博物館。」

「至少那裡很溫暖啊。而且我真的喜歡歷史。我主修歷史的。好吧，葛蘭特先生，如果你真的想知道的話，我非得跟著雅特蘭塔．薛爾戈到英國來不可。她是瑪塔的無腦金髮女郎，我是說在哈拉德小姐的戲裡。我的意思是她演無腦金髮女郎。雅特蘭塔一點也不笨。」

「確實如此。她是個非常有天賦的年輕女士。」

「你看過她？」

「我想倫敦應該沒有人沒看過她的。」

「我想也是。這齣戲一直演個沒完不是嗎？我們——雅特蘭塔和我——本來以為只演幾個星期，所以我們就揮手道別說：下個月見！我們發現這戲要一直演下去之後，我就非得找個藉口到英國來不可了。」

「雅特蘭塔這個藉口不夠嗎？」

「對我老爸來說不夠！我家非常看不起雅特蘭塔他們家，但我爸是最糟的。他勉強自己提到她的時候都說：『你認識的那個年輕女戲子』。你知道，我老爸是卡瑞戴恩三世，雅特蘭塔的父親則完全是薛爾戈一世。他在主街上開一家小雜貨店。他真的是個大好人，如果你想知道的話。而且雅特蘭塔在舞台上其實還沒什麼成就，我是說在美國的時候。這是她第一次的突破，所以她不想解除合約回家去。事實上要讓她回家可難了。她說我們完全不懂得欣賞她的才能。」

「所以你就從事研究了。」

「我得想出些只能在倫敦做的事。而且我大學的時候做過一些研究，所以大英博物館似乎非常符合我的需求。我可以過得很開心，同時讓我父親知道我真的在工作。」

「是，這的確是非常好的藉口。對了，你為何選了農民起義？」

「那個時代很有趣。而且我覺得我老爸會高興。」

「所以**他**對社會改革有興趣嗎？」

「沒有，可是他痛恨國王。」

「他是卡瑞戴恩三世耶？」

「對啊，很好笑吧。我覺得他很可能在保險箱裡藏著王冠。我敢打賭他時不時就把它拿出來，然後溜進中央車站的男廁所裡試戴。葛蘭特先生，我這樣嘮叨自己的事，你一定覺得很累吧。我不是來講這個的。我是來——」

「不管你是來幹什麼的，你都是天賜的禮物。如果你不趕時間，就放輕鬆點吧。」

「我從來不趕時間。」年輕人說，伸展長腿。他不小心踢到了床邊桌，讓理查三世的畫像掉到了地板上。

「喔，對不起！我太不小心了。我還沒習慣我腿的長度。你以為人到二十二歲應該習慣自己長成什麼樣子了對不對。」他撿起畫像，仔細地用袖口撢掉灰塵，充滿興趣地打量。

「英王理查三世。」他大聲地說。

「你是第一個注意到背景上的字的人。」葛蘭特說。

「我猜除非仔細看否則不會注意到吧。你是我所知道第一個用國王畫像當海報的人。」

「他確實不是美女。」

「也沒啥不可。」男孩慢慢地說道，「以面孔來說這張臉不壞啊。我們學院有個教授長得跟他很像。他靠胃藥跟牛奶過活，所以對生活不太樂觀，但他人真的非常和藹。你想要的資料是關於理查的嗎？」

「是的，不用特別深奧艱澀的東西，我只是想知道當時可信的資料。」

「這應該很容易。那離我的時期不遠。我是說我研究的時期。現代研究理查三世的權威——克弗伯・奧利芬特爵士就涵蓋了兩者。你讀過奧利芬特嗎？」葛蘭特說他只讀了學校歷史課本跟湯瑪士・摩爾爵士。

「摩爾？亨利八世的大法官？」

「對。」

「那應該是很特別的辯詞吧！」

「我覺得比較像是政黨宣傳小冊。」葛蘭特說，他第一次發現原來這就是他嘴裡的餘味。那看起來不像是政治家的記載，而是像政治傳單。

不對，那讀起來像是專欄作家。一個用流言蜚語當寫作素材的專欄作家。

「你對理查三世知道多少？」

「只知道他幹掉了自己的姪兒，然後要用他的王國換一匹馬。還有兩個叫做貓和老鼠的手下。」

「什麼！」

「你知道啊，那句俚語：『貓和老鼠跟拉福狗狗，在駝豬手下統治英國。』」

「喔對，我都忘了。你知道那是什麼意思嗎？」

「我不知道。那個時期我不太熟。你怎麼會對理查三世有興趣的？」

「我會有好一陣子不能辦案，瑪塔就建議我做點學術方面的調查。我對人臉有興趣，她就帶了形形色色的主角人像來讓我看。我是說各種無解懸案的主角。理查算是意外出現，但他的謎題是最大的。」

「是嗎？怎麼說？」

「他犯下了歷史上最醜惡的罪行，但是卻有一張大法官的面孔、偉大的統治者的面孔。更有甚者，根據各方記載他都非常正直有教養。他確實把國家治理得很好。他在北英格蘭政績斐然。他擅長行政也驍勇善戰。私生活也無懈可擊。你或許知道，他哥哥是除了查理二世之外最惡名昭彰的王家花花公子。」

「愛德華四世，我知道。一個身高六呎的大帥哥。或許理查憎恨他跟哥哥的差異。這可以解釋他為什麼除掉哥哥的後裔。」

葛蘭特沒有想過這一點。

「你是說理查壓抑著對哥哥的憎恨？」

「為什麼是壓抑？」

「因為連最惡意批評他的人都承認他對愛德華忠心耿耿。從理查十二、三歲的時候開始，他們就形影不離。他另外一個哥哥喬治一無是處。」

「喬治是誰？」

「克萊倫斯公爵。」

「喔，他啊！栽進酒桶的克萊倫斯。」

「就是他。所以就他們倆相依為命，我是說理查跟愛德華。他們相差十歲，正適合英雄崇拜。」

「要是我是個駝背，」年輕的卡瑞戴恩沉思著說，「我一定會痛恨搶我的功勞和女人，還獨占所有鋒頭的哥哥。」

「很有可能，」葛蘭特沉默了一會兒之後說，「這是目前為止我聽過最好的解釋。」

「你知道這表面上可能看不出來，他甚至可能沒有自覺。一切可能都在他心裡醞釀，在他看到有機會登上王位時就爆發出來了。他可能說——我的意思是他心裡可能這麼想：『我的機會來了！這麼多年的跑腿打雜，站在他們後面卻未獲一絲感謝是為了什麼。現在是這一切都有代價的時候了。我要獲得我應得的。』」

葛蘭特注意到卡瑞戴恩非常偶然地用跟裴恩艾里斯小姐同樣的詞彙描述了理查。站在後面。小說家是這麼看理查的，在巴納德城堡的台階上，站在金髮美貌的瑪格莉特和喬治後面一步之遙，目送他們的父親出征。「跟往常一樣」站在後面。

「但是你說理查在謀殺案發生之前都是個好人，這點很有趣。」卡瑞戴恩說，用修長的手指推推角框眼鏡。「讓他更有人性。莎士比亞把他寫得跟個小丑一樣。完全不是正常人。我非常樂意替你調查，葛蘭特先生。我可以撇開農民換換口味。」

「撇開約翰．鮑爾（John Ball）跟華特．泰勒（Wat Tyler），改玩貓跟老鼠。」

「正是。」

「你真是太好了。我非常樂意知道你的任何發現。但現在我想知道當時對這些事情的記錄。那時一定震驚全國吧。我想看看當時的記載，而不是別的朝代的某人聽說自己五歲的時候發生了什麼事。」

「我去查查當時的史學家是誰。大概是法比恩（Fabyan，?~1513）吧。還是他是亨利七世時期的？反正我會去查查。在此同時你或許可以看一下奧利芬特。據我所知他是這時期的當代權威。」

葛蘭特說他很樂意閱讀克弗伯爵士。

「我明天經過時帶來——我想可以把書交給門房吧？等我找到當時的紀錄我會立刻來拜訪的。這樣好嗎？」

葛蘭特說這樣太好了。

年輕的卡瑞戴恩突然羞澀起來，葛蘭特想起了因為對理查的新詮釋而一時之間被他拋在腦後的小綿羊形象。他靦腆地道了晚安，漫步走出病房，大衣像裙子一樣在身後晃蕩。

葛蘭特心想，撇開卡瑞戴恩的萬貫家財不提，雅特蘭塔．薛爾戈看來是找到了一個好男人。

「這個嘛，」瑪塔再度來訪時說，「你覺得我的小綿羊怎麼樣？」

「妳找到他來幫我，真是**太好了**。」

「我根本用不著找。他一直都在腳邊轉來轉去。他幾乎等於是住在戲院裡。他一定看過〈乘碗出海〉這齣戲不下五百次了。他不在雅特蘭塔的休息室的時候就在舞台前面。我希望他們乾脆結婚算了，那樣我們或許就不會這麼常看到他了（他們並沒有同居喔，非常如詩如畫的純潔交往。）」她暫且擱下了她的「名角」嗓音說：「他們在一起真不錯。從某些方面來說他們比較像雙胞胎而不是情侶。他們完全信任對方；依賴對方讓自己完整。我看他們從來不吵架，連拌嘴都沒有。我剛說了，簡直如詩如畫。這是布藍特帶來給你的嗎？」

她用手指懷疑地戳著那本厚重的奧利芬特。

「是的，他留在門房那裡給我的。」

「看起來非常難以消化。」

「我們這麼說好了，不怎麼開胃。但只要吞下去之後還滿容易消化的。給學生讀的歷史。敘述詳細的事實。」

「嗯。」

「至少我發現了神聖的湯瑪士·摩爾爵士關於理查的記載是從哪裡得到的。」

「是嗎？哪裡？」

「從一個叫做約翰·莫爾頓的人。」

「從沒聽說過。」

「我也沒。不過那是我們無知。」

「他是什麼人？」

「他是亨利七世的坎特伯里大主教。理查的死敵。」

要是瑪塔能吹口哨的話，一定當場就吹起來了。

「所以那才是權威來源！」她說。

「那是他的權威來源。也是後世關於理查的記載的基本。霍林斯赫德的歷史是根據這個寫的，莎士比亞戲裡的角色也一樣。」

「所以那是某個憎恨理查的人的版本。這我不知道。神聖的湯瑪士爵士為何選了莫爾頓而不是其他人？」

「不管他選了誰的記載，都是都鐸王朝的版本。但他之所以選了莫爾頓，好像是因為他小時候曾經去過莫爾頓家。當然莫爾頓是『親身經歷』過，所以記錄下他證人的第一手資料再自然不過了。」

瑪塔再度用手指戳著奧利芬特。「你沉悶的胖歷史學家承認那是充滿偏見的版本嗎？」

「奧利芬特？他只暗示了一下而已。老實說，理查的事他也完全搞不清楚。他在同一頁裡說理查英名遠播，是令人敬佩的政治家和將軍，沉靜正直，跟伍德威爾家的暴發戶（王后的親戚）相比非常受人歡迎；而且他『毫無道德觀念，為了得到王位願意不惜一切掀起腥風血雨。』他在一頁上不情不願地寫道：『我們有理由假設他並非毫無良知。』稍後他又描述了摩爾筆下那個為自己所作所為受良心譴責夜不成眠的人。就這樣反反覆覆。」

「所以你沉悶的胖奧利芬特特喜歡紅玫瑰囉？」

「喔，我覺得不是。我不覺得他自認是蘭開斯特特派。雖然現在想起來他對亨利七世篡位之舉非常寬大。我不記得他在任何地方直接說過亨利根本沒有資格繼承王位。」

「那誰讓他坐上王位了？我是說亨利。」

「蘭開斯特家剩下的人和新興勢力伍德威爾家，加上小王子被害讓全國人民反感，顯然只要有一絲蘭開斯特血統的人就行了。亨利自己很精明地在宣告登上王位時先提『戰勝』，然後才提蘭開斯特的血緣。『戰爭的法則與蘭開斯特的家規』（*De jure belli et de jure Lancastria.*）。他母親是愛德華三世第三個兒子的私生子的後裔。」

「我對亨利七世的瞭解只限於他有錢得要命而且小氣得要命。你知道吉卜林（Kipling）寫的那個故事嗎？他封一個工匠為騎士，不是因為那人手藝精湛，而是因為替他省了裝飾花樣的錢？」

「用壁氈後面生鏽的劍。熟悉吉卜林的女士一定屈指可數，妳竟然是其中之一。」

「喔，我在許多方面都是非常可靠的。所以你對理查的個性還是沒什麼瞭解嗎？」

「沒有。我跟克弗伯．奧利芬特爵士一樣摸不著頭腦。祝福他。我們唯一的不同是我知道我摸不著頭腦，但他似乎不知道。」

「你常常跟我的小綿羊見面嗎？」

「他來過一次之後我就沒見過他了，那是三天以前。我開始懷疑他是不是後悔答應我了。」

「喔，不會的。我相信不會。他非常遵守諾言。」

「跟理查一樣。」

「理查？」

「他的座右銘是〈Loyaulté me lie〉。吾必忠貞。」

門上響起一聲輕敲，葛蘭特回應之後，布藍特・卡瑞戴恩出現在門口，這次也穿著鬆垮垮的大衣。

「喔，我好像打攪到你們了。我不知道妳在這裡，哈拉德小姐。我剛在走廊上碰到了自由女神像，她以為葛蘭特先生沒有訪客。」

葛蘭特毫無困難地認出自由女神像是誰。瑪塔說她正要離開，反正現在布藍特比她受歡迎多了。她這就讓他們倆去探索殺人凶手的內心深處。

布藍特禮貌地鞠躬送她到門口，然後回來坐在訪客的椅子上，渾身的氛圍就跟英國人在女士離開晚餐桌後坐下來喝波特酒一樣。葛蘭特懷疑是不是連女士至上的美國人也在參加純男性的聚會時下意識地鬆了一口氣。布藍特問他奧利芬特看得如何了，他回答說他覺得克弗伯爵士非常有條有理，令人欽佩。

「對了，我發現貓和老鼠是誰啦。他們是非常受人敬重的騎士：威廉・蓋茲比（William Catesby，?~1485）和理查・雷德克利夫（Richard Ratcliffe，?~1485）。蓋茲比是下議院的議長，雷德克利夫則是蘇格蘭和平行政官。幾個擬聲字就能讓政治順口溜聽起來充滿惡意，真是不可思議。駝豬當然就是理查的紋章。白野豬。你常光顧我們英國的酒館嗎？」

「當然，那是我覺得你們比我們高明的東西之一。」

「那你可以看在啤酒的份上原諒我們的水管系統吧？」

「我不會說我能原諒。就說我可以忽略好了。」

「你真是太寬大為懷了。你還有其他必須忽略的事。你說理查因為哥哥比較帥，自己是駝背而憎恨他的理論不成立了。根據克弗伯爵士的說法，理查駝背根本是虛構的。萎縮的手臂也是。他的外觀似乎並沒有任何畸形的地方。至少沒有什麼特別嚴重的。他的左邊肩膀比右邊低，如此而已。你查出跟他同時代的史學家是誰了嗎？」

「沒人。」

「**一個**也沒有？」

「以你的定義來說沒有。有跟理查同時期的作家，但他們都在他死後才寫，替都鐸王朝寫的。那就沒有什麼可信度了。當時還有一份像是修士寫的拉丁文編年史，我還沒能弄到手。但是我查到了一件事：關於理查三世的記載說是湯瑪士・摩爾爵士寫的，是因為他的文件之中有這份手稿。那是一份未完成的抄本，原稿是已經完成的。」

「這樣啊！」葛蘭特興味盎然地思考了一下。「你是說那是摩爾自己的手抄本？」

「對，是他的筆跡。他大概三十五歲的時候寫的。在印刷術發達之前，書籍都是用手抄寫的。」

「是的。所以那些記載來自約翰・莫爾頓的話，可能根本就是莫爾頓自己寫的。」

「對。」

「那就可以解釋為什麼這麼——肆無忌憚了。莫爾頓這種汲汲營營的人完全不會介意引用謠言。你知道莫爾頓嗎？」

「不知道。」

「他本來是律師，後來進入教會。他是史上最會兩面倒的牆頭草。他選擇站在蘭開斯特那邊，直到愛德華四世穩穩坐上王位為止。然後他跟約克那邊和好，愛德華封他為伊利主教，以及天曉得多少教區的神父。但理查登基之後他先是支持伍德威爾家族，然後支持亨利・都鐸，最後戴上樞機主教的帽子，當上了亨利七世的——」

「等一下！」男孩帶著笑意說，「我當然知道莫爾頓。就是『莫爾頓的岔路』那個莫爾頓。『你捐不出太多的錢，那就捐一點給國王吧；你很會花錢所以一定很有錢，那就捐一點給國王吧？』」

「對，那個莫爾頓。亨利最厲害的榨財高手。我剛想到他可能有理由早在兩個小王子被謀殺之前，就憎恨理查了。」

「理由是什麼呢？」

「愛德華接受了路易十一給的一大筆賄賂，換取了屈辱的和議。理查非常憤怒——那真的非常丟臉——於是徹底撒手不管。包括拒絕了一大筆現金。但是莫爾頓非常贊成和議跟現金。事實上他從路易那裡領著豐厚的年金，一年兩千個克朗。我想他應該不怎麼能接受理查直率的宣言，就算他自己荷包滿滿也一樣。」

「我想也是。」

「而且正經八百的理查跟隨和的愛德華完全不一樣，莫爾頓在他手下當然不能升官發財。所以就算兩個小王子沒被謀害，他也還是會站在伍德威爾家族那邊的。」

「關於謀殺案——」男孩欲言又止。

「怎麼了？」

「關於兩個小王子的謀殺案——完全沒人提起不是很奇怪嗎？」

「你說沒人提起是什麼意思？」

「過去三天以來我翻遍了當時的文件、信函之類的。完全沒有人提起這件事。」

「或許大家害怕不敢提。那種時代謹慎才能保命。」

「是沒錯，但我還要告訴你一件更奇怪的事。你知道在博斯沃斯戰役之後，亨利在議會面前提出了一份褫奪理查王權的法案。他指控理查是殘酷專制的暴君，但完全沒提到謀殺。」

「什麼！」葛蘭特大吃一驚。

「你是應該驚訝沒錯。」

「你確定嗎？」

「很確定。」

「但是亨利在博斯沃斯戰役之後回到倫敦，就立刻接管了倫敦塔啊。要是兩個小王子失蹤了，他不可能不立刻昭告天下，那是他的王牌。」他驚訝沉默地躺著，窗櫺上的麻雀響亮地吱吱喳喳。「我想不出合理的解釋。」他說，「他有什麼理由不趁機大大炒作兩個小王子失蹤的事實？」

布藍特移動長腿，換了個比較舒適的姿勢。「只有一個解釋。」他說，「那就是兩個小王子並沒失蹤。」

這次的沉默更久了。他們互瞪了好一會兒。

「喔，這是胡說八道，」葛蘭特說，「一定有某種明顯的理由，只是我們沒看出來而已。」

「像是什麼呢？」

「我不知道。我還沒時間思考。」

「我思考了將近三天，仍舊想不出適合的理由。除了亨利接管倫敦塔時兩個小王子還活著之外，沒有其他符合事實的結論。褫奪王權法案非常囂張；指責理查的人馬叛國——他們可是擁護合法國王對抗入侵者的忠貞臣民。亨利把所有能夠勉強站住腳的罪名都寫進法案裡去了，而他只控訴理查殘暴專制而已。連提都沒提兩個小王子。」

「真是太神奇了。」

「真是不可思議。但這是事實。」

「這表示**當時根本沒有人指控他謀殺了兩個小王子**。」

「總而言之就是這樣。」

「等一下。泰瑞爾因為謀害了他們被吊死了啊。他在死之前認罪了。等一下，」他伸手拿奧利芬特，很快地翻過書頁。「這裡有完整的記載，毫無謎題可言。連自由女神像都知道。」

「**誰**？」

「你在走廊上碰到的護士。泰瑞爾是凶手，被判有罪然後在死前自白。」

「那是在亨利接管倫敦的時候嗎？」

「等一等。在這裡。」他很快掃過那一段。「不是，是在一五〇二年。」他突然發現自己剛剛說的話意味著什麼。他用困惑的語調重複了一遍：「在——一五〇二年。」

「但是——但是——但那是——」

「對。將近二十年之後。」

布藍特摸索著菸盒，拿出來又很快收進去。

「你想抽菸就抽吧。」葛蘭特說，「我需要喝一杯烈酒。我覺得我的腦子不靈光了。就像是小時候玩捉迷藏之前矇著眼睛轉圈圈一樣。」

「是啊，」卡瑞戴恩說。他拿出一根菸點燃。「伸手不見五指，暈頭轉向。」

他坐著瞪著麻雀。

「四千萬本教科書不可能有錯。」過了一會兒之後葛蘭特說。

「不會嗎？」

「不會吧！」

「我以前是這麼以為的。現在我不確定了。」

「你為什麼突然成為懷疑論者了？」

「讓我動搖的不是這個。」

「那是什麼？」

「一件叫做波士頓大屠殺的小事。聽說過嗎？」

「當然。」

「我大學的時候有一次查資料，意外發現波士頓大屠殺其實只是暴民對衛兵扔石頭。

總共死了四個人。葛蘭特先生，我從小聽波士頓大屠殺的故事長大的。想到這件事就讓我挺起二十八吋的胸膛。那些被英軍屠殺的無辜平民讓我吃多了紅莧菜的熱血沸騰不已。你無法想像我發現暴動事實上只是打架時有多麼震驚。這就只是地方罷工民眾跟警方衝突的程度而已。」

葛蘭特沒有回答，卡瑞戴恩瞇起眼睛打量他的反應。葛蘭特正瞪著天花板，好像上面有什麼圖案一樣。

「這就是我喜歡做研究的原因之一。」卡瑞戴恩主動說，把視線轉回麻雀那裡。葛蘭特突然一言不發地伸出手。卡瑞戴恩給他一根菸，替他點上。

他們沉默地抽菸。

葛蘭特打斷了麻雀的演出。

「東尼潘帝。」他說。

「什麼？」

但是葛蘭特仍舊神遊天外。

「我畢竟親身體驗過，是不是。」他不是對著卡瑞戴恩，而是對著天花板說道。「這是東尼潘帝。」

「東尼潘帝到底是什麼鬼？」布藍特問。「聽起來像是某種專利藥品。妳的孩子是不是無精打采？小臉蛋是不是常常漲得通紅，脾氣不好，很容易疲累？給小朋友吃東尼潘帝，就可以看到驚人的效果！」葛蘭特仍舊沒有回答。「好吧，把你的東尼潘帝留著自己用吧。送我我都不要。」

「東尼潘帝，」葛蘭特仍舊處於夢遊狀態。「是威爾斯南部一個地方。」

「我就知道是某種藥。」

「如果你去威爾斯，就會聽說在一九一〇年的時候，政府動用軍隊射殺爭取權益而罷工的威爾斯礦工。你可能會聽說當時的內政大臣溫斯頓．邱吉爾（Winston Churchill）要為此事負責。大家會告訴你南威爾斯永遠不會忘記東尼潘帝。」

卡瑞戴恩一改輕佻的態度。

「事實上不是那樣？」

「事實是這樣的。朗達谷的部分強悍民眾起了暴動。暴民搶劫商店，四處破壞。格拉摩根的警察局長要求內政部派軍隊保護一般平民。如果警察局長認為情況嚴重到需要動用軍隊，那內政大臣就別無選擇了。但是邱吉爾非常擔心軍隊面對暴民會擦槍走火，於是就阻止了軍隊，只派了一批普通的倫敦警察，除了身上的雨衣之外手無寸鐵。軍隊待命不動，沒有武裝的倫敦警察跟暴民的衝突只限於幾個人流了鼻血。內政大臣因為『史無前例的干涉之舉』在下議院被狠批了一頓。這就是東尼潘帝。威爾斯絕對不會忘記的軍隊鎮壓事件。」

「沒錯，」卡瑞戴恩沉思著說，「沒錯，這跟波士頓事件幾乎一模一樣。為了政治目的把一件單純的事放大到誇張的地步。」

「重點不是一模一樣。重點是當時**每一個**在場的人都知道那個故事是胡說八道，但從來沒有任何人反駁。現在已經沒辦法翻案了。一個完全不實的故事變成了傳說，知道實情的人卻只袖手沉默。」

「是的。非常有趣。真的非常有趣。歷史就是這樣寫成的。」

「沒錯，歷史。」

「還是讓我做研究吧。畢竟任何事情的真相都不在某人的記載中，而是在當時枝微末節的事實裡。報紙上的廣告、房屋轉手、戒指的價錢等等。」

葛蘭特繼續凝視著天花板，麻雀的吱喳聲再度傳入房中。

「你在笑什麼？」葛蘭特終於轉過頭來，看見訪客臉上的表情。

「這是我第一次看見你像個警察。」

「我覺得自己像個警察。我像警察一樣思考。我問自己每個警察在每一件謀殺案中都會問的問題：受益者是誰？我第一次發現理查除去兩個小王子，好安心登上王位的故事完全沒有道理。假設他得除去那兩個小男孩好了。但小男孩的五個姊妹仍舊擋在他和王位之間。更別提還有喬治的兩個孩子。喬治的兒子和女兒因為他們的父親被褫奪王權而喪失繼承權，但我想褫奪王權可以逆轉或是取消之類的吧。如果理查的王位繼承權站不住腳，他要除去的人可多了。」

「他們都活得比他久嗎？」

「我不知道。我會去查查。兩個小王子的姊姊確實活得比他久，因為她嫁給了亨利，當上英格蘭的王后。」

「葛蘭特先生，我們兩個從頭開始研究這件事情吧。拋開歷史書，或是現代的版本，或是其他任何人的意見。事實不在紀錄裡而在帳本裡。」

「這句話不錯，」葛蘭特稱讚道，「有任何意義嗎？」

「這句話就說盡了一切。真正的歷史都在不是歷史形式的紀錄裡。裁縫的帳單、王室開支的項目、私人信件、莊園的帳本等等。比方說，如果有人堅持某夫人從沒生過小孩，而你在帳簿裡發現有一條記載說：『給夫人在米迦勒節前夕生的兒子：五碼藍緞帶，四個半便士。』這樣就可以合理的推論他家夫人在米迦勒節前夕生了一個兒子。」

「嗯，我明白了。好吧，那我們要從哪開始？」

「你是探長，我只是跑腿的。」

「你是研究人員。」

「謝謝。你想知道什麼？」

「這個嘛，首先瞭解一下這個案子裡的主要人物對愛德華的死有什麼反應，應該很有幫助，而且甚有啟發性。我是說愛德華四世。愛德華突然死了，一定讓大家都驚惶失措。我想知道有關人士的反應。」

「這很簡單又直接。我猜你想知道的是他們做了些什麼而不是他們的想法。」

「沒錯，正是這樣。」

「只有歷史學家會告訴你他們的想法。研究人員只管他們做了些什麼。」

「我只想知道他們做了些什麼。我一向都相信事實勝於雄辯。」

「對了，神聖的湯瑪士爵士有說理查聽到哥哥的死訊時有什麼反應嗎？」布藍特想知道。

「神聖的湯瑪士爵士（別名約翰．莫爾頓）說理查忙著對王后示好，說服她不要派壯碩的保鏢到勒德洛城堡去護送小王子，在此同時卻陰謀策劃在小王子前往倫敦的路上綁架他。」

「根據聖人摩爾的說法，理查從一開始就打算取代小王子了。」

「喔，是的。」

「至少我們可以查出誰在哪裡幹了什麼，不管他們的意圖。」

「那正是我想知道的。」

「警察！」男孩取笑道，「本月十五日下午五點鐘的時候你在哪裡？」

「這很有用，」葛蘭特跟他保證。「這很有用。」

「我要去工作了。我查到你想要的資料之後再回來。我非常感激你，葛蘭特先生。這比那些農民好多了。」

他飄飄然地消失在冬日下午漸深的暮色中，翻飛的大衣替他削瘦年輕的身影增添了高貴的學術氣息。

葛蘭特打開床頭燈，審視光線在天花板上投下的影子，好像從未見過一樣。這個男孩輕而易舉地丟給他一個獨特又引人入勝的問題。既出人意表又讓人百思不解。

事發當時到底為什麼沒有任何人指控理查？

亨利甚至不需要證據證明理查是兇手。理查是小王子的監護人。要是亨利接管倫敦塔的時候兩個小王子不在，那他絕對有比殘酷專制更好的罪名來抹黑已經戰死的理查。

葛蘭特一言不發地吃了晚餐，不僅食不知味，連吃的是什麼都不知道。

亞瑪遜女戰士來收餐盤的時候和藹地說：「這是個非常好的現象。你把兩個炸肉餅都吃完了！」他這才知道自己剛剛吃了晚飯。

接下來一個小時他望著天花板上的燈影，在心中整理所有資訊，一遍又一遍地找尋某種可以突破事件核心的小漏洞。

最後他完全不去想這個問題了。當一個謎團太無懈可擊，無法立刻解決時，他習慣先放在一邊。要是他撇開一切先睡個覺，明天或許就能看到新的一面。

他找尋可以讓自己分心不去想褫奪王權法案的東西，看見一疊等著他拆閱的信件。各方人士寄來的慰問信，還有幾個舊識的罪犯。真正討人喜歡的老罪犯們已經過時了，而且日漸凋零。他們的位置被傲慢無禮的年輕惡棍取代，他們自大的靈魂裡沒有半絲人性，跟小狗一樣無知，像圓鋸一樣無情。老派的專業盜賊跟其他任何專業人士一樣有特色，也一樣不存惡意。他們都是低調顧家的男人，關心家庭假日跟小孩的扁桃腺。要不就是有點怪癖的單身漢，喜歡籠中鳥、舊書店或複雜精準的下注系統。老派人士。

現在的惡棍不會寫信來對「條子」離開現場休養生息表示遺憾。現在的惡棍腦子裡絕對不會有這種想頭。

躺在床上寫信是一件很辛苦的事。葛蘭特盡量避免。但最上面的那封信是他表妹蘿拉的筆跡，要是他不回信，蘿拉會非常擔心的。他跟蘿拉小時候一起過暑假，去蘇格蘭高地的那個夏天還小小戀愛了一場。這讓他們之間有種從沒斷過的羈絆。他最好回信告訴蘿拉他還活著。

他把她的信又讀了一遍，他聽見托利的水聲潺潺，看見河水在眼前淌過。他聞到高地曠野冬天那甜美冷冽的氣息。一時之間他忘了自己是醫院裡的病人，忘記了生命黯淡無趣又讓人窒息。

要是派特年紀大一點或是小一點的話，就會說他愛你。但是他才九歲，所以他說：「告訴亞倫我要找他。」他自己發明了一種假餌，等你休病假的時候他要給你看。他現在在學校有點丟臉，因為他第一次發現蘇格蘭人把查理一世（Charles I，1600-1649）賣給了英格蘭人，所以他決定他不要再歸屬於這個地方了。據我所知他正進行個人全面杯葛蘇格蘭的活動，不肯學歷史、不肯唱歌、也不肯記住任何跟這個可恥地方有關的地理。昨天晚上他上床睡覺的時候，宣布他決定要申請當挪威公民。

葛蘭特從桌上拿起信紙夾，用鉛筆寫道：

最親愛的蘿拉：

要是我跟妳說塔裡的小王子比理查三世長命，妳會不會驚訝得受不了？

妳的亞倫

附註：我快復原了。

「你知道議會廢除理查三世王權的法案中沒有提到塔裡的小王子嗎？」第二天早上葛蘭特問外科醫生。

「真的嗎？」外科醫生說，「那很奇怪不是嗎？」

「非常奇怪。你想得出理由解釋嗎？」

「可能是不想把醜聞鬧大吧。為了家族的面子。」

「繼承他王位的又不是他們家族的人。他是他們家最後一人。繼承王位的是第一個都鐸家人，亨利七世。」

「對，沒錯，我都忘記了。我的歷史一向很差。我以前上歷史課的時候都做代數作業。學校裡的歷史課一點都不有趣！或許多穿插點人像會比較好。」他瞥向理查的畫像，然後繼續替他檢查。「我得說傷口看起來非常健康。現在不會痛了吧？」

醫生輕鬆和藹地離開了。他對人臉感興趣是職業的緣故，但歷史課則完全用來做別的事；與其念歷史他寧可偷偷做代數。他必須照顧病人，未來掌握在他手中，他沒時間思考學術問題。

護士長同樣也有更迫切的事情要做。他敘述自己面臨的問題時她禮貌地傾聽，但他覺得她可能會說：「我要是你應該會去找社工。」這不干她的事。她高高在上地俯視底下的芸芸眾生，一切都緊急而重要，她無法專注於某件四百多年前發生的事。

他想說：「但是妳最應該對王室可能的遭遇感興趣啊，名聲猶如浮雲，一點流言就可以摧毀妳。」但他已經為用無關緊要的事情煩護士長，讓她漫長的早晨巡房更難受而感到內疚了。

侏儒不知道褫奪王權是什麼，而且明白表示她不在乎。

「這件事讓你著了迷了，」她說，朝畫像歪了歪頭。「這樣不健康。你怎麼不看些其他的書？」

他本來期待瑪塔來看他，他要告訴她這個嶄新的奇特觀點，看她作何反應；但連瑪塔都因為在生馬德蓮・馬區的氣而不理會他。

「她幾乎等於答應我要寫那個劇本的！我們一起聚了那麼多次，我已經計畫好這一直演不完的玩意演完之後我要做什麼了。我甚至跟賈克討論了服裝！現在她竟然決定她得寫什麼爛推理小說。她說她一定要在點子還新鮮的時候寫——天曉得那是什麼意思。」

他同情地聽瑪塔吐苦水——世界上最希罕的東西就是一齣好戲，好的劇作家價值連城——但一切都好像隔了一層玻璃一樣。這天早上十五世紀對他而言比薛佛斯伯利大道上發生的任何事都要真實。

「我想她寫一本推理小說花不了多少時間吧。」他安撫她。

「是花不了多久。她大概會花上六個星期吧。但是現在她脫離了我的掌握，我怎麼知道能不能再逮住她呢。東尼・賽維拉要她替他寫一齣瑪爾博羅公爵的戲，你知道東尼下了決心就死咬著不放的。他能叫鴿子不要停在水師提督門上呢。」

她離開之前簡短地對褫奪王權案發表了一點感想。

「一定有某種解釋的，親愛的。」她在門口說。

當然有某種解釋，他想對著她的背影大吼。但是是什麼呢？這件事完全悖離常理，說不過去。歷史學家說謀殺案讓大家對理查反感，英格蘭的人民因此憎恨他，所以他們才歡迎一個陌生人接任他的王位。然而當他的惡行在議會公審時，卻沒人提到謀殺案。

褫奪王權案起草時理查已經戰死，他的人馬早已逃逸或流亡；他的敵人可以任意栽贓他的罪名。但是他們卻**沒有想到這樁驚世駭俗的謀殺案**。

為什麼？

整個國家據說都因小王子失蹤而沸沸揚揚。這是一樁不久之前才發生的醜聞。他的敵人蒐集他各種傷風敗俗愧對社稷的過失時，並沒有包括理查最惡名昭彰的罪行。

為什麼？

亨利剛剛僥倖登上王位，需要每一絲的優勢。大部分民眾不認識他，他並沒有繼承王位的血緣。但他並沒有利用這個極大的優勢：理查聲名狼藉的謀殺。

為什麼？

他的前任是一個英明的偉大國王。從威爾斯的沼澤到蘇格蘭邊境，無人不知無人不曉。這個人在他的姪兒們失蹤之前，都為眾人敬重愛戴。然而他卻沒提到這件人人唾棄的惡行，他真正可以用來打擊理查的殺手鐧。

為什麼？

只有亞瑪遜女戰士似乎關心他煩惱的難題。她並不是可憐理查，而是因為她充滿良知的靈魂難以接受可能的錯誤。亞瑪遜女戰士會大老遠從走廊另一端回來，撕掉某人忘記撕掉的一張日曆。但她憂慮的本能不如撫慰的本能強。

「這你不用擔心，」她安慰他說，「一定有個你沒想到的簡單解釋。等你沒在想或者是想別的事情的時候，答案就會冒出來了。我忘記放哪的東西通常都是這樣想起來的。我會把茶壺放在食品室裡，要不就是在數消毒紗布卷的時候突然就想到：『老天，我把它忘在風衣口袋裡了。』我的意思是不管我找不到的是什麼都一樣。所以你不用擔心。」

威廉斯巡佐在艾塞克斯鳥不生蛋的地方，協助當地警方調查誰用銅秤敲了一個老店主的腦袋，讓她躺在鞋帶和甘草糖中等死，所以蘇格蘭警場幫不上他的忙。

除了年輕的卡瑞戴恩之外，沒人幫得上忙。而他三天之後才出現。葛蘭特覺得他平常無憂無慮的態度更誇張了些，幾乎有點沾沾自喜的樣子。這個有教養的孩子禮貌地詢問葛蘭特的身體狀況，葛蘭特回答自己很好。他從大衣的大口袋裡掏出筆記，角框眼鏡後的眼睛閃閃發光。

「就算人家把聖人摩爾送我當禮物我都不要。」他愉快地說。

「沒人要把他送你。本來就沒人要他。」

「他根本搞不清這是怎麼回事。完全搞不清。」

「早在意料之中。我們來看看事實吧。你能從愛德華駕崩那天開始嗎？」

「當然。愛德華死於一四八三年四月九日。在倫敦。我是說，在西敏寺，那個時候的西敏寺跟現在是不一樣的。王后跟公主們住在那裡，我想還有比較小那個男孩。小王子在勒德洛城堡唸書，王后的弟弟瑞佛斯爵爺是他的監護人。你知道王后的親戚非常有勢力嗎？那個地方擠滿了伍德威爾家的人。」

「是，我知道。請繼續。理查在哪裡？」

「在蘇格蘭邊境。」

「什麼！」

「對。我說：蘇格蘭邊境。遠離權力中心。但他有吆喝叫人給他一匹馬趕去倫敦嗎？沒有。」

「那他做了什麼？」

「他在約克安排了一場安魂彌撒，召喚所有北方的貴族來參加，他公開對小王子宣誓效忠。」

「真有趣，」葛蘭特嘲諷地說，「瑞佛斯做了什麼？王后的弟弟？」

「四月二十四日他帶著小王子出發前往倫敦。同時還有兩千人馬和大量武器。」

「他要武器幹嘛？」

「不要問我。我只是研究人員。王后跟前夫的兩個兒子中的老大，多塞特侯爵，接管了倫敦塔的軍械庫和國庫，開始裝備軍艦準備控制英法海峽。議會的命令由瑞佛斯和多塞特一起具名——稱謂分別是王舅和繼王兄——完全沒提到理查。這實在太詭異了，你想想，如果你記得的話，愛德華在遺囑裡指派理查為護國主兼小王子的監護人，以免他處於劣勢。你知道只有理查孤立無援。」

「是，至少這很符合他的作風。他一定完全信賴理查。他信任他的為人和治國的能力。

理查也帶著軍隊南下了嗎？」

「沒有。他跟六百個北方貴族南下，大家都穿著喪服。他在四月二十九日抵達北安普頓。他顯然打算在那裡跟勒德洛城堡的一行人會合；但那是歷史學家的記載，不能盡信。然而勒德洛一行人——就是瑞佛斯跟小王子——沒有等他抵達就先行前往斯通尼斯特拉福了。在北安普頓跟他會合的是帶著三百人的白金漢公爵。你知道白金漢公爵嗎？」

「稍微有點認識。他是愛德華的朋友。」

「對。他十萬火急從倫敦趕去的。」

「他帶著倫敦的消息要告訴他。」

「這是合理的推測。他帶著三百人馬不會只是要表達哀悼之意。總而言之他們在那裡召開了議會——理查跟白金漢的隨行人士有召開議會的人數和資格，瑞佛斯跟他三個手下被捕後送到北方，理查則帶著小王子繼續前往倫敦。他們在五月四日抵達。」

「這一切都很清楚明白。最清楚的一點是，考慮到時間和距離，聖人摩爾說理查寫信給王后，說服她只派一小隊人馬去護送小王子完全是胡說。」

「沒錯。」

「理查的所作所為全都非常合理。他當然知道愛德華遺囑的內容，他的舉動都在大家的意料之中：他哀悼哥哥的死，擔心小王子。他舉行了安魂彌撒，還宣誓效忠。」

「是的。」

「這種意料之中的模式什麼時候出軌了？我是說，理查的行動。」

「喔，要很久之後。他抵達倫敦的時候，發現王后、第二個小王子、公主們和王后前夫的兒子多塞特都鎖在西敏寺裡避難。除此之外一切似乎都正常。」

「他把小王子送到倫敦塔了嗎？」

卡瑞戴恩翻著筆記。「我不記得了。或許我沒查到，我只是——喔，在這裡。沒有，他把小王子送到聖保羅教堂的主教家裡，他自己則去巴納德城堡跟母親住在一起。你知道那是哪裡嗎？我不知道。」

「我知道，那是約克家族在倫敦的產業，在聖保羅教堂西方不遠的河邊。」

「喔。好吧。他在那裡待到六月五日，他的妻子從北方趕來，他們就搬到一個叫做克斯比大宅的地方。」

「現在也還叫做克斯比大宅。房子已經被搬到切爾西了，理查裝的窗戶可能已經不在了——我最近沒去看過——但建築本身在那裡。」

「是嗎？」卡瑞戴恩愉快地說，「我馬上就去瞧瞧。仔細想想，這還真是個居家的故事，不是嗎？他太太不在，所以他跟媽媽住，然後跟太太一起搬出去。克斯比大宅是他們的嗎？」

「我想理查是租的吧。房子是某個倫敦參事的，所以應該沒人反對他當護國主，或是他到倫敦之後做的改變。」

「沒有，他到倫敦之前大家就已經承認他是護國主了。」

「你怎麼知道的？」

「特許狀卷上有兩次稱他為護國主——我看看——四月二十一日（那是愛德華死後不到兩星期），和五月二日（他到倫敦之前兩天）。」

「好吧，我相信了。沒有騷動嗎？沒有任何麻煩？」

「我沒找到。六月五日他下了詳細的命令，把小王子的加冕典禮訂在二十二日。他甚至發出召喚狀給四十個即將被封為巴斯騎士的隨從。國王在加冕時冊封騎士似乎是傳統。」

「五日，」葛蘭特沉思道，「然後他把加冕典禮訂在二十二日。他沒給自己多少時間篡位啊。」

「沒有。我還找到小王子加冕禮服的訂單呢。」

「接下來呢？」

「這個嘛，」卡瑞戴恩帶著歉意說，「目前我只查到這些。某個會議上發生了一些事——我想是在六月八日的時候——但當時的記載只有菲利普·戴寇敏（Philippe de

Comines，1447~1511）的《回憶錄》（*Mémoires*），我還沒找到那本書。但有人答應明天要讓我看一九〇一年曼朵印刷的版本。巴斯主教好像在六月八日跟議會說了些什麼。你知道巴斯主教是誰嗎？他叫做史迪林頓（Robert Stillington，1420~1491）。」

「從來沒聽過。」

「他是牛津萬靈學院的院士，天曉得那是什麼，還是約克的司鐸，不管那是幹什麼的。」

「顯然都是有學問又受人敬重的職位。」

「這我們等著瞧。」

「你有找到任何當時的史學家嗎──除了戴寇敏之外？」

「目前為止沒有其他人在理查死掉之前寫過東西。戴寇敏有法國人的偏見，但起碼不是都鐸的，所以他對理查的記錄比都鐸王朝的英格蘭人要可信。我有個塑造歷史的好例子要告訴你。我在查當時的作者時發現的。你知道大家都說理查三世在圖克斯伯里之戰後冷血地殺害了亨利六世唯一的兒子的故事？信不信由你，那完全是編造出來的。你可以追溯到這個故事是什麼時候開始流傳的。人家說無風不起浪，這就證明了分明沒有風也可以起浪。相信我，這浪是人吹出來的。」

「理查在圖克斯伯里之戰的時候還是個孩子啊。」

「我想他那時十八歲吧。當時的記載都說他是個非常驍勇善戰的武士。亨利的兒子跟理查同齡。**所有**當時的記載，不管是怎樣的狀況，都說亨利的兒子死在這場戰役中。流言就這樣開始了。」

卡瑞戴恩不耐地翻閱著筆記。

「該死，我弄到哪去了？啊，在這裡。法比恩替亨利七世記錄說那個男孩被帶到愛德華四世面前，愛德華用護手甲搧了他一記耳光，然後國王的僕人立刻殺了他。不錯吧？但是波利多爾．維吉珥（Polydore Virgil，1470~1555）寫得更精采。他說殺掉男孩的是克萊倫斯公爵喬治、格洛斯特公爵理查、海斯汀動爵威廉。霍林斯赫德的版本還加上了多塞特。這樣霍林斯赫德還不滿意，他說是格洛斯特公爵理查第一個動手的。你覺得如何？第一流的東尼潘帝是吧。」

「純種的東尼潘帝。一個戲劇性的故事，但沒有半句實話。你忍耐一下，我念一段聖人摩爾的句子給你聽，這又是另一個塑造歷史的例子。」

「聖人摩爾讓我反胃，但我會忍耐的。」

葛蘭特找到他想要的那段，唸道：

「某些智者也認為，他暗地進行的計謀（這裡是說理查的計謀）並不包括參與謀害他兄長克萊倫斯；他確實公開抗議克萊倫斯被判死刑；然而世人以為，他既然如此注重己身利益，這種抗議略顯有口無心。這些人覺得，在跟愛德華國王共處的漫長時日中，他早已深思遠慮：倘若有朝一日王兄（他認定他的飲食習慣會讓他短命）在子女尚幼時駕崩（事實上也是如此），那他就會繼承大位。世人認為既然有此存心，克萊倫斯之死必定讓他慶幸；因為無論克萊倫斯是否對小姪子國王效忠，或意圖自己登基，他的存在都必然大大有礙。但這一切均無定論，任何人的揣測都可能太過或不及。」

「這個刻薄囉唆又拼命繞彎子說話的老糊塗。」卡瑞戴恩甜甜地說。

「你有沒聰明到從這些道聽途說裡聽出一句正面的話？」

「喔，有啊。」

「你聽出來了？真是聰明。我看了三次，才找到一句格格不入的事實。」

「他說理查公開抗議他哥哥喬治被判處死刑。」

「是的。」

「當然啦，這麼多的『世人認為』，」卡瑞戴恩說，「給人的感覺卻恰好相反。我剛說了，聖人摩爾送我我都不要。」

「我以為我們該記得這是約翰．莫爾頓的版本，而不是聖人摩爾的。」

「聖人摩爾聽起來比較高明。而且他喜歡這玩意到願意自己抄寫。」

從過軍的葛蘭特躺著思索理查處理北安普頓棘手情勢的高明手段。

「他不著痕跡就擺平了瑞佛斯的兩千人馬，真是厲害。」

「我猜如果要選邊站的話，他們比較喜歡國王的弟弟，而不是王后的弟弟吧。」

「沒錯。而且會打仗的人自然比寫書的人受軍隊歡迎。」

「瑞佛斯會寫書？」

「他的著作是英格蘭第一本印刷的作品。他可有學問了。」

「哼。這麼多學問好像沒教會他不要跟一個十八歲就領軍作戰，不到二十五就當上將軍的人作對。這讓我很驚訝呢。」

「理查很會打仗這件事嗎？」

「不是，是他其實很年輕。我一直覺得他是個滿腹牢騷的中年老頭。他死在博斯沃斯戰場上時才三十二歲。」

「告訴我：理查在斯通尼斯特拉福接管小王子的監護權時，是不是摒除了勒德洛的一行人？我的意思是，小王子是不是跟所有他一起長大的人分開了？」

「喔，沒有。他的家教艾卡克博士跟他一起到了倫敦。此外還有別人。」

「所以他並沒倉皇地剷除所有伍德威爾派的人，所有可能影響小王子反抗他的人。」

「似乎沒有。他只逮捕了四個人。」

「嗯，非常乾淨俐落，有選擇性的行動。恭喜理查・金雀花。」

「我真的開始喜歡這傢伙了。現在我要去看克斯比大宅。想到去看他真正住過的地方讓我心癢癢的。明天我會把戴寇敏的書帶來，讓你看看他對一四八三年英格蘭發生的事的記載，還有巴斯主教羅伯特・史迪林頓在那年六月跟議會說了什麼。」

10

葛蘭特發現史迪林頓在一四八三年的夏天對議會說，他在愛德華四世娶伊莉莎白．伍德威爾之前，就替他和愛蓮娜．巴特勒舉行了結婚儀式，她是第一任舒茲伯利伯爵的女兒。

「他為什麼在此之前完全沒提過？」他消化了這件新聞之後說。

「當然是愛德華命令他保密。」

「愛德華似乎有祕密結婚的習慣。」葛蘭特嘲諷地說。

「你知道他碰上堅貞不可動搖的女人的時候，一定也不好過啊。除了結婚之外沒別的辦法，而他習慣對女人予取予求——他是國王，長得又帥——不可能認命忍受沮喪的。」

「對，他跟伍德威爾結婚也是同樣的模式。有著鍍金頭髮，堅強又貞淑的美女，以及祕密婚禮。所以如果史迪林頓的故事是真的話，愛德華以前就用過同樣的手段。那是真的嗎？」

「他在愛德華的手下當過掌璽大臣和大法官，還當過布列塔尼大使。所以愛德華要不是欠他人情就是喜歡他。他也沒有理由編出對愛德華不利的事情。那是說如果他是喜歡捏造事實的人的話。」

「我猜不是吧。」

「反正這是在議會面前公開的，所以我們不必仰賴史迪林頓的一面之詞。」

「在議會面前公開的！」

「沒錯。一切都非常直接了當。西敏寺在九號舉行了一場非常漫長的貴族會議，史迪林頓帶著證據和證人出席，還有一份要在二十五號召開議會時呈上的報告。十號理查送了一封信函到約克市，要求派兵保護並支持他。」

「哈！終於有麻煩了。」

「對。十一號他又送了一封類似的信函給他的表親奈維爾爵爺。所以他面臨的危險是真的。」

「一定是真的。一個能夠輕易應付在北安普頓那種意外的棘手情況的人，不會因為面臨威脅就驚慌失措的。」

「二十號他帶著一小隊家臣到了倫敦塔——你知道倫敦塔是王室在倫敦的住所，根本不是監獄嗎？」

「那我知道。倫敦塔之所以變成監獄的代名詞，是因為現在我們聽到『送進倫敦塔』就只有一種意思。而那當然是因為倫敦塔是王室在倫敦的城堡和唯一的要塞，在我們有王家監獄之前，犯人只能送到倫敦塔去關著。理查去倫敦塔幹什麼？」

「他去阻止叛亂者集會，逮捕海斯汀爵爺、史坦利爵爺和一個叫做約翰．莫爾頓的伊利主教。」

「我就知道約翰．莫爾頓遲早會出現的！」

「之後就發表了一份聲明，詳述謀害理查的計謀，但顯然沒有流傳下來的副本。謀反者只有一個被砍頭，就是海斯汀爵爺。很奇怪的是，那個人似乎是理查跟愛德華的老朋友。」

「是的。根據聖人摩爾的記載，他被匆忙拖到中庭，隨便在一塊木頭上被砍了頭。」

「匆忙個頭，」卡瑞戴恩不屑地說，「他是在一個星期後才被砍頭的。有一封當時的信件裡提到了日期。此外理查之所以這麼做並不是單純為了復仇。他讓海斯汀的遺孀繼承了他的產業，還恢復了他子女的繼承權——本來他犯了叛國罪他的孩子就自動失去繼承權的。」

「海斯汀一定是不得不死，」葛蘭特說，一面翻閱著摩爾的《理查三世》。「就連聖人摩爾都說：『護國主毫無疑問地非常愛他，非常不情願失去他。』史坦利和約翰．莫爾頓怎樣了？」

「史坦利獲得赦免——你幹嘛呻吟？」

「可憐的理查。這就是他的死刑判決啊。」

「死刑判決？赦免史坦利為什麼是他的死刑判決？」

「因為史坦利突然決定倒戈，理查才輸了博斯沃斯之役。」

「原來如此。」

「想到理查要是也讓史坦利跟他親愛的海斯汀一樣砍了頭，就能打贏博斯沃斯的戰役，感覺真奇怪。這樣一來就不會有都鐸的天下了，都鐸版本裡的駝背怪物就不會出現。從他之前的表現看來，他很可能成為歷史上最英明的君王，最開明的治世。莫爾頓怎樣了？」

「沒怎麼樣。」

「另一個錯誤。」

「或者至少沒什麼值得記載的。他被軟禁起來，由白金漢看管。真正被砍頭的是理查在北安普頓逮捕的謀反主謀：瑞佛斯和他的手下。珍．雪爾則閉門思過。」

「珍．雪爾？她跟這件事有什麼關係？我以為她是愛德華的情婦。」

「她是。海斯汀好像在愛德華死後接收了她，要不然就是——讓我瞧瞧——多塞特接收了她。她在謀反計畫中是海斯汀派和伍德威爾派的中間人。現存的理查信函中有一封提到她。提到珍．雪爾。」

「說她什麼？」

「他的檢察長想娶她，我是說在他當國王的時候。」

「他同意了嗎？」

「他同意了。那封信滿感人的。裡面感傷的成分比憤怒多——還有一點笑意。」

「老天，這些凡人有多愚蠢！」

「正是如此。」

「這裡似乎也沒有復仇的意思。」

「沒有。剛好相反。我知道我不該思考或是下定論，我只是研究人員，但我覺得理查的野心是要徹底結束約克和蘭開斯特之間的鬥爭。」

「你為什麼這麼覺得？」

「我看了他加冕典禮的名單。順便一提，那是史上最多人出席的加冕典禮。你沒辦法不注意到幾乎沒有人願意錯過。不管是蘭開斯特家還是約克家。」

「我猜包括見風轉舵的史坦利。」

「我想是吧。我對他們不熟，沒辦法一一記住。」

「你說他想結束蘭開斯特跟約克之間的鬥爭可能並沒錯。或許這是他對史坦利這麼寬大的原因。」

「所以史坦利是蘭開斯特家族的人？」

「不是，但他娶了一個瘋得厲害的蘭開斯特家人。他的太太叫做瑪格麗特．波福特，波福特可以說是蘭開斯特家族的反面——私生的那一面。她並不在意庶出的那一面就是了。她的兒子也不在乎。」

「她兒子是誰？」

「亨利七世。」

卡瑞戴恩低聲吹了長長的口哨。

「你其實是要說史坦利夫人是亨利的母親。」

「是的，她跟第一任丈夫愛德蒙．都鐸生的。」

「但是——但是史坦利夫人在理查的加冕典禮上扮演崇高的角色。她替王后執裙襬。我之所以注意到是因為我覺得這很奇特。我是說執裙襬。我們國家沒人執裙襬的。我猜那是很光榮的吧。」

「簡直是皇恩浩蕩的表現。可憐的理查。可憐的理查，那完全沒用。」

「什麼沒用？」

「寬宏大量。」他躺著思索，卡瑞戴恩則翻閱筆記。「所以議會接納了史迪林頓的證據。」

「他們做的還不只於此。他們把證據寫進法案裡，讓理查得以登上王位。這叫做王權法案。」

「以一個上帝的僕人來說，史迪林頓實在不怎麼光明磊落。但我猜要是早早說出來的話，他自己的小命就可能不保。」

「你對他是不是有點嚴苛？他沒有必要早早說出來。沒有人受到傷害啊。」

「愛蓮娜．巴特勒夫人呢？」

「她在修道院裡去世。埋葬在諾威治的白加爾默羅教堂，如果你有興趣的話。只要愛德華還活著，大家就都相安無事。但繼承問題一出現，他就不得不開口了。不管他的形象如何都一樣。」

「是，當然你說得沒錯。所以孩子們在議會上公開被宣告為私生子，理查登上了王位，全英格蘭的貴族都來參加。王后還在避難所嗎？」

「對，但她讓小兒子去跟哥哥同住了。」

「那是什麼時候？」

卡瑞戴恩翻閱筆記。「六月十六日。我寫的是：『兩個小王子在坎特伯里大主教的要求下，住進倫敦塔。』」

「那是在消息傳出之後。說他們是私生子的消息。」

「對。」他把筆記整理好，放進巨大的口袋裡。「目前為止大概就這樣了，不過還是有收穫的。」他把大衣下襬兩邊拉攏到膝蓋上，姿勢之優美估計會讓瑪塔和理查國王都心生豔羨。「你知道那個法案吧，王權法案？」

「知道啊，怎麼樣？」

「亨利七世登基以後，下令這項法案不經宣讀就撤銷。他下令摧毀這項法案，禁止留下副本。任何保留副本的人，都會看他高興被罰款或是坐牢。」

葛蘭特瞪大了眼睛，震驚不已。

「**亨利七世！**」他說，「為什麼？這跟他有什麼相干？」

「我完全沒概念。但我打算盡快找出答案。在此同時，這可以讓你在自由女神像送你的英國下午茶來之前，供你消磨時光。」

他把一張紙放在葛蘭特胸前。

「這是什麼？」葛蘭特說，望著那張從筆記本裡撕下的紙。

「這是理查寫的那封關於珍·雪爾的信。我會再來看你的。」

葛蘭特獨自一人待在安靜的病房裡，把那張紙翻過來閱讀。

稚拙潦草的筆跡和理查正式的詞句形成極端的對比。但無論是現代的雜亂筆跡或是莊重的內容都無法減損這封信的況味。字裡行間躍然而出的文采，就像醇酒散放的芳香。這封信用白話文來說是這樣的：

我聽說了湯姆．林農想娶威廉．雪爾的妻子，大吃一驚。顯然他為她著迷，下決心非娶她不可。親愛的主教，請務必叫他過來，看看你是否能讓他愚蠢的腦袋清醒一下。要是你辦不到，而且從教會的觀點沒有理由阻止他們結婚的話，那我就同意了。但告訴他婚禮要等我回到倫敦才能舉行。在此同時只要她表現良好，就可以釋放她了。我建議你先把她交給她父親監管，或是其他你覺得適合的人也可以。

這封信正如年輕的卡瑞戴恩所說，「感傷多於憤怒」。確實如此，考慮到這封信的女主角參與謀害理查，信中的仁慈和和藹非常顯著。而他這樣寬大為懷對他自己並沒有任何好處。他想平息約克和蘭開斯特的紛爭或許不能說是毫無私心，國家若能統一，對他的治世大大有利。但這封寫給林肯主教的信是一件私人的小事，釋放珍．雪爾對任何人都無關緊要，只有迷戀她的湯姆．林農在乎。理查的寬大對他自己無利可圖。他希望朋友幸福快樂的本能勝過了復仇的本能。

事實上以任何熱血男兒來說，他復仇的本能似乎缺乏到令人驚訝的地步。以惡名昭彰的怪物理查三世而言，更是令人震驚。

11

那封信讓葛蘭特消磨了不少時光，一直到亞瑪遜女戰士送他的下午茶進來。他傾聽著二十世紀的麻雀在他的窗櫺上喧鬧，驚嘆於自己竟然能夠閱讀著四百多年前古人的心思。理查要是知道四百年後會有人閱讀這封關於雪爾之妻的親密短信，並且想知道自己是個什麼樣的人，一定會覺得很神奇吧。

「有一封你的信。真好不是嘛。」亞瑪遜女戰士說，帶著他的兩片奶油麵包和一塊軟餅乾進來。

葛蘭特把視線從絕對健康的軟餅乾上移開，看見那封信是蘿拉寫的。

他愉快地把信拆開。

親愛的亞倫（蘿拉說）：

歷史沒有什麼（我重複：沒有什麼）能讓我驚訝的。蘇格蘭有兩座巨大的紀念碑，紀念兩個淹死的女殉道者；雖然她們倆都不是淹死的，也根本不是殉道者。這兩個女人被判了叛國罪——我想是跟荷蘭入侵者裡應外合吧。總之是一個完全俗世的罪名。她們自行上訴樞密院獲得緩刑，紀錄流傳到現在。

當然啦，這對蒐集殉道者的蘇格蘭人完全沒有影響。蘇格蘭每個書架上都有感人至深的對話和她們悲哀的結局。每本書裡的對話都完全不一樣。其中一人在威格敦教堂的墓碑上刻著：

一心尊奉基督
只欲服侍吾主
不願屈從主教
不肯背棄長老
捆於海中柱架
死在耶穌名下

我聽說長老教會講道還喜歡拿她們當主題——但這點我只是道聽途說而已。觀光客都來看紀念碑，對著上面動人的文章搖頭嘆息，大家都很有收穫。

這兩個女人據說殉道之後四十年，長老教派勢力鼎盛的時候，就有人來調查過此事，該人抱怨「許多人都否認發生過這種事」；而且沒有任何證人。即便如此她們依舊被當成殉道者。

你身體在康復中真是太好了，我們都鬆了一口氣。要是你能好好安排病假的話，就可以碰上春潮。水位目前非常低，但等你好起來的時候，就應該深到可以讓你和魚兒都滿意了。

我們都愛你，

蘿拉

附記：你跟別人說某個傳說不是真的，告訴他們事實的時候，他們通常都會生你的氣，而不是怪造謠的人。真是奇怪。他們不想破壞自己的成見。我覺得不知怎地這會讓他們不安，他們討厭這樣，所以拒絕聽實話，而且不願意去想。如果他們只是覺得無所謂的話，那這種反應很自然而且可以理解。但是他們的感覺強烈得多，積極得多。他們惱羞成怒了。

很奇怪吧，對不對。

又是東尼潘帝，他心想。

他開始懷疑教科書裡到底有多少是真的英國歷史，多少是東尼潘帝。

既然他多知道了一些事實，便再度開始閱讀聖人摩爾，看看跟事件有關的段落現在讀起來如何。

在他用自己批評的眼光閱讀時，只覺得這些段落囉唆得奇怪，有些地方很是荒謬；但現在根本就是罪大惡極。蘿拉的小派特喜歡說這是被「惹毛」了。同時他也很困惑。

這是莫爾頓的記載。莫爾頓親眼所見，參與其中。莫爾頓一定知道那年六月初到六月底發生的一切細節。然而他完全沒提到愛蓮娜．巴特勒夫人：沒提到王權法案。根據莫爾頓的說法，理查繼承王位的手段是指控愛德華之前娶了他的情婦伊莉莎白．露西。但莫爾頓說伊莉莎白．露西否認她跟國王結過婚。

莫爾頓為何要布了局然後自己破壞？

為何要用伊莉莎白．露西取代愛蓮娜．巴特勒？

因為他可以誠實否認露西跟國王結過婚，但要是愛蓮娜．巴特勒的話他就不能這麼說了？

這裡的假設當然是因為，讓理查宣稱孩子們是私生子的說法站不住腳，對某人來說一定非常重要。

既然莫爾頓——由聖人摩爾代筆——是替亨利七世寫作，這樣的話那個某人應該就是亨利七世。摧毀了王權法案，禁止任何人保留副本的亨利七世。

葛蘭特想起之前卡瑞戴恩說過的話。

亨利下令這項法案**不經宣讀就撤銷**。

這對亨利七世為什麼如此重要？

亨利為什麼要在乎理查的權利？他又不會說：理查登上王位的權利是捏造的，所以我的權利才是真的。不管亨利．都鐸登上王位的權利多牽強，都是蘭開斯特家的，跟約克家的繼承人沒有半點關係。

既然如此，亨利為什麼非得讓王權法案被後世遺忘不可？

為什麼藏起愛蓮娜．巴特勒，抬出一個沒人想過會跟國王結婚的情婦？

一直到晚餐前葛蘭特都非常愉快地思考這個問題；此時門房帶著一張字條進來。「櫃臺說這是你的美國小朋友留給你的。」門房把一張折疊的紙遞給他。

「謝謝你。」葛蘭特說，「你對理查三世知道多少？」

「答對有獎嗎？」

「什麼獎？」

「回答你的問題啊。」

「沒有。只能滿足知性的好奇。你對理查三世知道多少？」

「他是第一個多重殺人犯。」

「多重？我以為他只殺了兩個小姪子。」

「喔，不只不只。我對歷史不熟，但我知道他謀殺了他哥哥和表親，倫敦塔裡可憐的老國王，最後幹掉兩個小姪兒。一不做二不休。」

葛蘭特思索著他的話。

「如果我告訴你他根本沒謀殺任何人，你覺得如何？」

「我會說你完全有權利這麼想。有些人相信地球是平的。有些人相信公元兩千年就是世界末日。有些人相信這在快五千年前就開始了。你星期天到大理石拱門去，還能聽到更新奇的說法呢。」

「所以你甚至不考慮這種可能？」

「我的確覺得很有趣，但這麼說吧，沒有什麼可信度。不要讓我阻止你，多去跟別人說說看。找個星期天到大理石拱門去宣傳，我敢打賭你可以招募到不少信徒，可能還可以發起某種運動。」

他愉快地舉手行了半個禮，哼著歌離開了。自信滿滿，毫不動搖。

老天助我，葛蘭特心想，我也差不離了。要是再深入研究這件事，我就會到大理石拱門去站在肥皀箱上了。

他打開卡瑞戴恩的留言，讀道：「你說你想知道王位的其他繼承人是不是活得比理查久。我是說包括兩個小王子。我忘了說，你能不能替我列一張名單，讓我去查。我覺得這很重要。」

好吧，就算全世界都輕快地哼著歌兒，漠不關心，至少這個年輕的美國人是站在他這邊的。

他把聖人摩爾緋聞小報式的報導放到一邊，裡面滿是歇斯底里的場景和輕率的胡亂指控。他伸手要拿嚴肅的歷史教科書，好記下可以跟理查三世爭奪王位的英格蘭繼承人。

他放下摩爾／莫爾頓的時候，突然想起了一件事。

摩爾記載了在倫敦塔召開的議會中歇斯底里的場景：理查狂亂地指責有人用巫術讓他的手臂殘廢。他說是珍．雪爾幹的。

摩爾描述的場景讓漠不關心的讀者都覺得荒唐又厭惡，而理查親筆寫的關於她的私信卻充滿了和藹寬容，幾乎算是輕鬆的氣氛，兩者形成異常強烈的對比。

老天助我，他再度想道，要是我得從記載史書的人和寫私信的人中選擇一個，那我絕對會選寫信的人，不管他們倆做過什麼事都一樣。

想起莫爾頓，讓他暫時放下約克繼承人的清單。他要先搞清楚約翰．莫爾頓的下場如何。他似乎趁著當白金漢的食客之便，暗地策劃伍德威爾和蘭開斯特聯合進軍（亨利．都鐸會從法國帶戰船和軍隊來，多塞特和伍德威爾家的人則召集他們設法說動的英格蘭不滿份子跟他會合），然後他逃到自己的老地盤伊利，從那裡去了歐陸。他一直等到亨利贏了博斯沃斯之役和王冠之後才回來。他前往坎特伯里，等著戴上樞機主教的帽子，並且以「莫爾頓的岔路」裡的莫爾頓名留青史。這幾乎是所有學童對他的主君亨利七世留下的唯一印象。

那天晚上剩餘的時間，葛蘭特愉快地翻著歷史書，蒐集繼承人。

那還真不少。愛德華的五個孩子、喬治的一兒一女。要是這些人都不算——愛德華的是私生，喬治的被褫奪王權的話，那還有別的可能：他姊姊伊莉莎白的兒子。伊莉莎白是薩福克公爵夫人，她的兒子是林肯伯爵約翰．德拉波爾。

此外家族裡還有一個男孩，葛蘭特以前沒有注意到他。顯然米德爾赫姆那個孱弱的小男孩並非理查唯一的兒子。他有一個私生子，叫做約翰。格洛斯特的約翰。這個孩子沒有任何地位，但他住在家裡，受到眾人承認。那個年代對接受非婚生子都習以為常。事實上征服者威廉讓非婚生子成為一股風潮，在他之後的征服者們也都宣揚這並無敗處，或許只要補償一下就好。

葛蘭特替自己做了一份備忘錄。

愛德華
- 布莉姬特
- 凱薩琳
- 安
- 李察（約克公爵）
- 愛德華（威爾斯親王）
- 希希莉
- 伊莉莎白

伊莉莎白——約翰・德拉波爾（林肯伯爵）

喬治
- 愛德華（沃瑞克伯爵）
- 瑪格莉特（薩里斯伯里伯爵夫人）

理查——格洛斯特的約翰

他抄了一份給卡瑞戴恩，心中想著怎麼會有任何人以為，尤其是理查會以為，除去愛德華的兩個小王子就能夠讓他安然登上大位。卡瑞戴恩會說繼承人滿街都是。可以借題起義的焦點多了去了。

他第一次明白謀殺兩個小王子之舉不僅徒勞，而且愚蠢。

格洛斯特的理查別的不說，他絕對不愚蠢。這點無庸置疑。

他查閱奧利芬特的著作，看看奧利芬特對這個明顯的漏洞有何看法。

「奇怪的是，」奧利芬特說，「理查似乎並沒有公開發布他們的死訊。」

這豈止奇怪：根本難以理解。

要是理查想謀害哥哥的兒子，那他一定會用非常高明的手法。他們會死於熱病，屍體會公開讓人瞻仰，王家的遺體都是如此，讓大家知道他們確實已經去世。

沒有人能說某個人一定不會殺人——葛蘭特當了這麼多年的警察，早已深知這一點——但大家幾乎可以確信有些人是不會幹出蠢事來的。

然而奧利芬特對理查謀殺了小王子沒有異議。奧利芬特的理查是怪物理查。或許歷史學家的研究領域必須涵蓋中古世紀和文藝復興時期的時候，就沒有辦法停下來分析細節。奧利芬特接納了聖人摩爾的說法，雖然某些奇怪的地方會讓他有所疑問，但他卻沒注意到這些疑問會動搖他理論的基礎。

他既然拿起奧利芬特，就開始閱讀奧利芬特。理查在登基後出巡英格蘭，行經牛津、格洛斯特、伍斯特、沃里克。他一路上完全沒有碰到反對的聲浪，只有異口同聲的祝福和感激。大家歡欣鼓舞，慶祝有生之年終於有良好的治世；慶祝愛德華突然駕崩並未讓他們陷入多年的分裂和針對他兒子而起的戰爭。

然而就在這次勝利出巡，天下一統的歡慶，異口同聲的盛讚之中，理查（根據和聖人摩爾一個鼻孔出氣的奧利芬特說）卻派泰瑞爾回倫敦去除掉兩個在倫敦塔唸書的小王子。在七月七日到十五日之間。在沃里克。在他安坐王位的夏天，在威爾斯邊境約克郡的中心，他卻策劃著除掉兩個已經沒有繼承權的孩子。

這個故事的可信度實在太低了。

他開始懷疑歷史學家的判斷力是否比他碰到的那些容易受騙的智者高明。

他一定要立刻知道，要是泰瑞爾在一四八三年七月就幹了這事，那為何二十年後才因此伏法。在此期間他都在幹什麼？

但理查的夏天就像是多變的四月春日。充滿了願景卻沒有實現。秋天他就得面對莫爾頓離開英格蘭之前策劃的伍德威爾和蘭開斯特聯軍入侵。蘭開斯特的部分可以讓莫爾頓引以為傲：他們率領法國軍隊和法國戰船浩蕩登場。但伍德威爾那邊只設法在相隔遙遠的地方聚集了少數人馬：吉爾福德、薩里斯伯里、梅德斯通、紐伯利、艾希特和布雷肯。英格蘭人不想跟亨利・都鐸扯上關係，他們對他毫無所知；也不想跟伍德威爾家族扯上關係，他們對這些人太瞭解了。就連英格蘭的天氣都不作美。多塞特想讓繼妹伊莉莎白嫁給亨利・都鐸，當上英格蘭王后的奢望也隨著氾濫的塞文河付諸東流。亨利試圖在西部登陸，但發現德文和康瓦爾都義憤填膺地反抗。於是他駕返法國等待良機。多塞特則加入伍德威爾家族的流亡行列，在法國宮廷晃蕩。

於是莫爾頓的計畫被英格蘭人的冷漠和秋日雨水沖刷殆盡，理查終於可以稍微安心；但次年春天發生了一件無法淡忘的慘事。他的兒子死了。

「據說國王傷心欲絕；他並不是一個泯滅了父愛的無情怪物。」歷史學家如是說。

他似乎也並非沒有夫妻之情。不到一年之後他的妻子安死了，他也非常悲痛。

在那之後他就只能等待著之前失敗的入侵捲土重來，保衛英格蘭抵禦入侵，日漸空虛的國庫讓他心焦如焚。

他盡了最大的努力當一個明君。他召開的議會是後世典範。他終於跟蘇格蘭和解，安排姪女和詹姆斯三世的兒子連姻。他非常努力要和法國議和，但卻失敗了。亨利．都鐸在法國宮廷裡，而且亨利．都鐸是法國宮廷的寵兒。亨利在英格蘭登陸只是時間問題，這次勢力更為雄厚。

葛蘭特突然記起蘭開斯特家的史坦利夫人，亨利的母親。史坦利夫人在終結了理查夏天的秋日入侵中扮演了什麼角色？

他在密密麻麻的小字中搜索答案。

史坦利夫人因為跟兒子的魚雁往返而涉及叛國。

但理查似乎再度太過寬大為懷，害了自己。她的產業被沒收，但卻交給她的丈夫監管。史坦利夫人也是。史坦利本人幾乎可以肯定跟他妻子一樣知道入侵的內情。這真是個令人笑不出來的笑話。

真的，這個怪物未免太不夠格了。

葛蘭特昏昏睡去的時候，腦袋裡有個聲音說：「要是兩個小王子是在七月遇害的，那伍德威爾和蘭開斯特的聯軍在十月入侵時，為什麼沒有用謀殺案當起義的宣傳口號？」

聯軍當然是在小王子遇害的消息傳出前就開始策劃了。安排十五艘戰船和五千士兵一定要花很多時間。等他們出兵時，理查惡行的謠傳一定已經甚囂塵上，如果確實有謠傳的話，他們為何沒在英格蘭大肆宣揚他的大罪，號召人民投向他們那一邊？

「冷靜點，冷靜點，」第二天早上醒來時他對自己說，「你開始偏頗了。這樣調查是不行的。」

於是為了訓誡自己，他開始扮演檢察官的角色。

假設巴特勒的故事是捏造的。一個在史迪林頓的幫助下編出來的故事。假設上議院和下議院都願意為了政府的安定而睜一隻眼閉一隻眼。

這會讓兩個小王子的謀殺更加合理化嗎？

不會，不是嗎？

要是這個故事是假的，該被除掉的人就是史迪林頓。愛蓮娜夫人早就死在修道院裡，所以她不可能站出來推翻王權法案，但史迪林頓可以。而且史迪林頓顯然並沒有活下去的困難，他比被他推上王位的人活得久。

加冕過程突然出了差錯，準備突然中斷，這一切若非絕妙的舞台演出，就是史迪林頓的自白讓聽到的人大吃一驚。巴特勒跟愛德華結婚時理查才——十一歲？十二歲？他不太可能知道這件事。

要是巴特勒的故事是照理查的要求編造出來的，那理查一定獎賞了史迪林頓。但史迪林頓並沒戴上樞機主教的帽子，也沒升官發財。

巴特勒的故事是真的，最可靠的證據是亨利七世急著要摧毀它。要是這是假的，那他只要公開讓史迪林頓說實話，就可以讓理查威信掃地。但他卻極力遮掩。

就在此時，葛蘭特厭惡地發現自己又回到被告那一邊去了。他決定放棄。他要回去看拉薇妮雅・芬區，或是魯波特・路格，或是桌上那一大疊沒人理會的暢銷作家；在卡瑞戴恩帶著新情報回來之前，完全忘記理查・金雀花。

他把希希莉・奈維爾孫輩的樹狀族譜放進信封裡，寫上卡瑞戴恩收，交給侏儒寄出去。然後他把靠在書堆旁的畫像朝下放著，這樣他就不會被威廉斯巡佐毫不遲疑地說是個法官的面孔誘惑。他伸手拿席勒斯・韋克利的《大汗淋犁》。他從席勒斯醜陋的掙扎看到拉薇妮雅的茶杯，從拉薇妮雅的茶杯看到魯波特的誇張炫耀，越來越不滿意。最後布藍特・卡瑞戴恩終於再度出現在他的生命中。

卡瑞戴恩擔心地打量他，說：「我上次看到你的時候你精神比較好啊，葛蘭特先生。

你狀況不好嗎？」

「在理查這件事上我狀況不好，」葛蘭特說，「但我有一個新的東尼潘帝故事要告訴你。」

他把蘿拉講不是淹死的兩個淹死的女人的那封信遞給他。

卡瑞戴恩閱讀這封信，笑意像陽光一樣慢慢出現，最後他簡直是閃閃發亮。

「老天，這太棒了。真是頂尖、一流、徹底的東尼潘帝，可不是嗎？太好了，太讚了。你以前不知道？你是蘇格蘭人嗎？」

「我的表親是蘇格蘭人，」葛蘭特指出。「不，我當然知道這些長老同盟派沒人『為信仰殉身』，但我不知道這些人——或者是說她們倆——根本沒死。」

「她們沒為信仰殉身？」卡瑞戴恩困惑地重複。「你是說這**整件事**都是東尼潘帝？」

葛蘭特笑起來。「我想是的。」他驚訝地說，「我以前從沒想過。我一直都知道『殉道者』跟殺了艾塞克斯的老店主而會被判死刑的凶手一樣『殉道』，所以根本沒仔細思考。蘇格蘭人被判死刑都是因為犯了刑事罪名。」

「但我以為他們是非常神聖的人——我是說長老同盟派。」

「你看太多十九世紀的修道院派畫作了。一小群人在石南花叢裡傾聽牧師講道；年輕又熱情的面孔，白髮在神風中飄揚。長老同盟派根本等同於愛爾蘭的共和軍。一小撮冥頑不靈的傢伙，基督教國家沒見過這麼嗜血的丟臉團體。要是你在星期天去上教堂而不參加同盟集會，那你星期一早上醒來就可能發現你的穀倉被燒了，或是你的馬殘廢了。要是你公然反對他們，就會被槍殺。他們光天化日之下在法夫大街上，當著大主教夏普女兒的面射殺了他。那些人是這個宗教運動的英雄呢。追隨者說他們『勇敢熱情，替上帝行道』。他們躲在西部長老同盟的支持者中優哉游哉地過了好多年。在愛丁堡大街上射殺亨尼曼主教的是一個『福音傳道者』。他們還在卡斯費恩一個老牧師的家門口開槍打死了他。」

「聽起來真的很像愛爾蘭不是嗎？」卡瑞戴恩說。

「他們比愛爾蘭共和軍更糟，因為他們像是賣國的內奸。他們的資金跟武器都是從荷蘭來的。他們的運動沒有任何悲慘淒涼的成分。他們打算隨時接管政府，統治蘇格蘭。他們的傳道都是煽動暴亂，你所能想像的最暴力的煽動。現在的政府絕對沒辦法像以前的政府那樣容忍這種威脅。長老同盟派總是獲得特赦。」

「唉喲，唉喲，我還以為他們是為了敬奉上帝的自由而奮戰呢。」

「從來就沒人阻止他們用他們的方式敬奉上帝啊。信不信由你，他們不只打算在蘇格蘭設立宗教政府，還打算接管英格蘭。你有空該看一點他們的資料。根據長老同盟的法則，沒有任何人有信仰自由——當然只有長老同盟派例外。」

「觀光客去看的那些墓碑和紀念碑——」

「全是東尼潘帝。要是你看到墓碑上刻著約翰某某『因為信奉上帝的教誨及蘇格蘭長老同盟改革而死』，底下還有感人的小詩說他是『暴政的犧牲者』，那就可以確定這個約翰某某是經由正規法庭審判，因犯下重大罪行而被處死，完全跟上帝的教誨無關。」他低聲輕笑了一下。「這真是最大的諷刺，一個當時的蘇格蘭視為離經叛道的團體，卻被吹捧成聖人和殉道者。」

「如果不是擬聲的話，我也不會覺得奇怪。」卡瑞戴恩沉思著說。

「什麼？」

「像是貓和老鼠啊。」

「你在說什麼？」

「記得你說貓和老鼠的順口溜，擬聲字讓打油詩難聽起來。」

「對，充滿了惡意。」

「度拉共（dragoon）這個詞也有異曲同工之妙。我想這個詞在當時是指警察吧。」

「對，原意是騎馬的士兵。」

「對我而言——我猜對其他看到這個詞的人都一樣——度拉共聽起來好恐怖。這個字眼後來轉注成跟原來毫無關係的意思。」

「是，我明白了。不可抗力啊。事實上政府只有一小撮人維護廣大地區的治安，所以長老同盟派占盡了上風。從各種方面來說都是如此。一個度拉共（也就是警察）沒有令狀不能逮捕任何人（沒有主人的允許，他甚至不能牽馬到馬廄休息，如果有需要的話），但是沒有任何人阻止長老同盟派躲在石南叢裡，好整以暇地突襲度拉共。他們當然就這麼幹了。現在有一大票文獻都把帶著手槍藏在石南叢裡的傢伙奉為可憐的聖人，而盡忠職守卻被幹掉的度拉共卻成了怪物。」

「就像理查。」

「就像理查。我們自己的東尼潘帝你調查得如何了？」

「我還是沒查到亨利為什麼要遮掩並且廢除法案。法案被壓下去之後，多年來都被人遺忘，但後來最初的原稿在倫敦塔的紀錄裡出現了。完全是偶然。倫敦塔的紀錄是在一六一一年印刷的。斯皮德[18]在他的《大不列顛史》裡印了全文。」

「喔，所以王權法案完全沒有問題了。理查根據法案繼承大統，聖人摩爾的記載完全是胡說。這件事跟伊莉莎白．露西毫無關係。」

「露西？伊莉莎白．露西是誰？」

18 John Speed，1542~1629，英國歷史學家，地圖製作家。

「啊，我忘了，你不知道。根據聖人摩爾的說法，理查宣稱愛德華娶了他一個叫做伊莉莎白．露西的情婦。」

提到聖人摩爾時，年輕的卡瑞戴恩平靜的臉上露出的厭惡表情，總讓他看起來好像就要吐了。

「哪來的胡說八道。」

「聖人摩爾得意地這麼說。」

「他們為什麼要把愛蓮娜．巴特勒藏起來？」卡瑞戴恩立刻看出重點。

「因為她真的嫁給了愛德華，孩子們真的是私生子。要是孩子們是私生子的話，那就不會有人支持他們，他們也不會對理查構成威脅。你有沒有注意到伍德威爾和蘭開斯特的聯軍是支持亨利，而不是兩個小王子——多塞特還是他們的繼兄呢。而且那是早在小王子們失蹤的消息可能傳到他耳中之前。對多塞特和莫爾頓謀反行動的首領來說，兩個小男孩根本無關緊要。他們支持的是亨利。這樣英國王位上坐的就是多塞特的妹夫，他的繼妹就是王后。這跟一文不名的流亡者比起來可是鹹魚翻身啊。」

「對，對，就是這樣。多塞特並不是要讓他的異父弟弟登上王位。要是英格蘭有半點機會接受那個男孩的話，多塞特絕對會支持他的。我還發現了另外一件有趣的事要告訴你。王后跟她的女兒很快就離開避難所了。你提到她的兒子多塞特提醒了我。她不只離開了避難所，還好像啥事沒發生一樣安頓了下來，她那些女兒還到宮裡去參加宴會。你知道最大的收穫是什麼嗎？」

「什麼？」

「這是在**小王子被『謀殺』之後**發生的。沒錯，還沒完呢。她的兩個兒子被他們邪惡的叔叔害死了，她寫信給她另外一個在法國的兒子——就是多塞特——要他回家來跟理查和解，說理查一定會善待他的。」

一陣沉默。

今天沒有麻雀閒聊天。只有窗上輕輕的雨聲。

「你沒有什麼感想嗎？」最後卡瑞戴恩說。

「你知道嗎，」葛蘭特說，「從警方的觀點看來，完全沒有對理查不利的證據。我是說真的。不只是證據不足，我的意思是證據不足以起訴，而是真的完全沒有對他不利的證據。」

「我同意沒有。特別是在你聽了我接下來要告訴你的這件事情之後。你給我的那份名單上的每一個人，在理查戰死於博斯沃斯之後都還活著，不僅有錢而且都是**自由之身**。他們自由自在，受到良好的照顧。愛德華的孩子們不只在宮裡跳舞，而且還有年金可領。理查唯一的兒子死後，他選了其中一個當他的繼承人。」

「哪一個？」

「喬治的兒子。」

「所以他打算恢復他哥哥小孩的繼承權。」

「對。你記得他確實抗議過對喬治的判決。」

「連聖人摩爾都說他抗議過。所以英格蘭王位的所有繼承人，在怪物理查三世治下都自由自在地活得好好的。」

「還不只這樣。他們還都參與大局。我的意思是，他們是家族的一份子，也是國家的經濟支柱。我在看一本約克的記載，是一個叫做達維司的人編纂的。我說的是約克市的紀錄，不是約克家族。小沃瑞克——喬治的兒子——和他的表親小林肯都是市議會的代表。約克市在一四八五年致信給他們。更有甚者，理查在冊封自己的兒子為騎士的時候也封了小沃瑞克，在約克舉行了盛大的典禮。」他停頓了好長一陣子，然後衝口說道：「葛蘭特先生，你想把這寫成一本書嗎？」

「一本書！」葛蘭特驚愕地說，「老天在上，我幹嘛啊？」

「因為我很想寫一本。這絕對比研究農民好多了。」

「那就寫吧。」

「我想做出點成就給我父親看。我對家具、行銷和銷售圖表沒興趣，老爸就覺得我一無是處。要是他能看到一本我寫的書，或許就會相信我其實沒那麼不成材。事實上我覺得他反而會拿我到處炫耀呢。」

葛蘭特和藹地望著他。

「我忘了問你覺得克斯比大宅如何。」

「喔，很好啊。要是卡瑞戴恩三世能看見的話，會想帶回阿第倫達克去重建。」

「要是你寫了那本關於理查的書，他絕對會那麼做的。他會覺得自己也擁有大宅的一部分。你要取什麼名字？」

「書名嗎？」

「對。」

「我要借用亨利・福特（Henry Ford）的話，取名叫《歷史是鬼扯》。」

「太好了。」

「但是我得看更多的書，做更多的研究才能開始寫。」

「我想是的。你還沒有解決真正的問題。」

「真正的問題是什麼？」

「誰謀殺了兩個小王子。」

「對，沒錯。」

「要是亨利接管倫敦塔的時候，兩個小王子還活著，那他們後來怎樣了？」

「對，我會繼續調查。我還是想知道亨利為什麼非得遮掩王權法案的內容不可。」

他起身要離開，然後注意到桌上背面朝上的畫像。他伸手把畫像拿起來，仔細地靠在書堆旁邊。

「你在這兒待著，」他對畫像中的理查說，「我會讓你回到你該有的地位的。」

他走到門口時葛蘭特說：

「我剛剛想起一段**不是**東尼潘帝的歷史。」

「是什麼呢？」卡瑞戴恩停下腳步。

「格倫科大屠殺[19]。」

「那真的發生了？」

「真的發生了。而且——布藍特！」布藍特把頭探進門內。「什麼？」

「下令屠殺的那個人是長老同盟派的信徒。」

19 The massacre of Glencoe，一六九二年，蘇格蘭格倫科地區的麥唐納家族，因為延遲五天向信奉新教的新國王威廉三世遞交宣示效忠書，當時的國務大臣約翰・戴林波（John Dalrymple，1648~1707）下令派兵屠殺該家族。

卡瑞戴恩走了還不到二十分鐘，瑪塔就出現了，帶著花束、書本、糖果和關懷。她發現葛蘭特沉浸在克弗伯・奥利芬特爵士版本的十五世紀中。他心不在焉地跟她打招呼，她可不習慣他這樣。

「要是妳的兩個兒子被妳的小叔殺了，你會接受他給的大筆年金嗎？」

「我想這個問題不是真的在問我吧。」瑪塔說，把花束放下，環視房中看哪個已經插著花的花瓶比較適合。

「真的，我覺得歷史學家全都瘋了。聽聽這一段：

『王太后的舉止難以解釋；無論她是懼怕被人強行從避難所帶出，還是只是厭倦了在西敏寺的孤寂生活，於是決定無情冷漠地接受兩個兒子被謀害的事實，這一切似乎並無定論。』」

「天可憐見！」瑪塔停了下來。她一手拿著一個台夫特陶瓶，另一手拿著一個玻璃圓柱瓶，驚愕地望著他。

「妳覺得歷史學家真的有**聽到**自己在說什麼嗎？」

「那個王太后是誰？」

「伊莉莎白．伍德威爾。愛德華四世的老婆。」

「喔，我演過她一次。那是個小角色，在一齣講『國王推手』沃瑞克的戲裡。」

「當然啦，我只是個警察而已。」葛蘭特說，「或許我的社交圈不對。可能是因為我只認識好人。我要到哪兒去認識跟謀害自己兩個兒子的凶手勾肩搭背的女人？」

「我想是希臘。」瑪塔說，「古希臘。」

「我想不出古希臘有這種例子。」

「要不就去瘋人院吧。伊莉莎白．伍德威爾有癡呆的跡象嗎？」

「沒人注意到。她當了快二十年的王后。」

「我希望你看出來這根本是一場鬧劇，」瑪塔說著繼續插花。「根本不是悲劇。『對啦，我知道他殺了愛德華和小李察，但他其實是個很殷勤的傢伙，而且住在朝北的房間對我的風濕不好。』」

葛蘭特笑起來，他的心情變好了。

「沒錯，這真荒謬透頂。這應該是無情打油詩裡的內容，而不是嚴肅的歷史。所以歷史學家讓我驚訝。他們似乎沒有分析各種情況是否**可能**的能力。他們把歷史當成西洋鏡，遙遠的背景襯著平面的角色。」

「或許當你埋頭在破舊的紀錄中時，就沒時間去瞭解別人了。我不是說紀錄裡的人，就只是**人**。有血有肉的人。以及他們如何處世。」

「妳是怎麼演她的？」葛蘭特問，想起瑪塔的職業使她善於理解人們的動機。

「演誰？」

「那個為了一年七百銀幣和去參加宮廷宴會而離開避難所，跟謀害兒子的凶手交朋友的女人。」

「我沒法演。只有歐里庇底斯[20]或是感化院裡才會有這種女人吧。我們只能把她演成個老巫婆。這麼想來她會是個很好的搞笑人物，完全失控的古典悲劇，無韻詩的類型。我一定要找時間試試，慈善義演之類的。我希望你不討厭含羞草。真奇怪，我認識你這

20 Euripides，西元前 480~406，古希臘悲劇作家。

麼久了，卻不怎麼瞭解你的好惡。誰創造了那個跟殺死兒子的凶手交朋友的女人？」

「沒人創造她。伊莉莎白・伍德威爾確實離開了避難所，接受理查給的年金。年金不只是說說而已，是真的給了。她的女兒們到宮裡去參加宴會，她寫信給另外一個兒子——第一次婚姻生的——要他從法國回來，跟理查和解。奧利芬特對此唯一的解釋是她要不是害怕被人硬拖出避難所（妳知道有任何人被硬拖出避難所嗎？幹這種事的人會被逐出教會的，理查是非常虔誠的教會子民），要不就是她覺得避難所的生活太無聊了。」

「那你對這怪奇事件有什麼理論？」

「最明顯的解釋是兩個小王子還活得好好的。當時根本沒有人說他們已經死了。」

瑪塔打量著含羞草。「對，一點沒錯。你說褫奪王權案裡沒有任何指控。我是說在理查死了以後。」她的視線從含羞草移到桌上的畫像，然後望向葛蘭特。「所以你覺得，身為警察你真的認真地覺得，理查跟兩個小王子的死毫無關係。」

「我確信亨利抵達倫敦、接管倫敦塔的時候他們還活得好好的。要是兩個孩子失蹤了的話，他沒有**任何**理由不大做文章。妳想得出別的解釋嗎？」

「沒有。當然想不出。根本無法解釋。我一直以為那是個天大的醜聞，是理查最主要的罪名。你跟我的小綿羊似乎研究歷史研究得很高興。我建議你做點研究打發時間，才不會無聊得刺痛的時候，完全沒想到我會對重寫歷史有貢獻。這提醒我了，雅特蘭塔・

薛爾戈要幹掉你。」

「幹掉我？我甚至沒見過她。」

「雖然這樣她還是打算幹掉你。她說布藍特泡在大英博物館的樣子簡直像是吸毒者依存毒品一樣。她沒法把他拉開。就算她硬要他離開，他的心還是在那裡；對他而言她簡直不存在。他甚至不去看〈乘碗出海〉了。你常常看見他嗎？」

「妳來之前他來過這裡幾次。但我想他要再過幾天才會出現吧。」

但是他錯了。

晚餐之前門房帶著一封電報出現。

葛蘭特把拇指伸進漂亮的郵政信封封口下方，拿出兩張電報。是布藍特發來的。

該天殺的發生了一件糟糕透頂的事。你知道我上次說的那本拉丁文的編年史，克羅依蘭修道院的某個修士寫的？好吧我剛剛看過了，的確有提到謠傳，兩個小王子被謀害的謠傳。這項記載是在理查死之前出現的。所以我們玩兒完了是不是。尤其是我，跟我永遠不會寫出來的大作一起完蛋了。你們的河可不可以讓人自殺啊，還是專門保留給英國人的？

布藍特

門房在一片沉寂中說：「回電的費用已經預付了，先生。你想送回電嗎？」

「什麼？喔，不用，現在不要。我稍後再回。」

「好的，先生。」門房帶著敬意望向兩張電報——他們家裡電報僅限一張。這次他離開時沒有哼歌。

葛蘭特思索著用大西洋對岸的奢侈風格傳來的電報訊息。他又看了一遍。

「克羅依蘭。」他沉思著說。為什麼他好像聽過？到目前為止這件案子裡沒人提過克羅依蘭。卡瑞戴恩只說某處有個修士寫了編年史。

他在職業生涯中太常碰到顯然可以推翻他整件案子的某個事實出現，所以他不會因此就消沉下去。他的反應跟在辦案時一樣。他挑出讓人不悅的要素單獨檢視，平靜客觀地檢視，完全沒有卡瑞戴恩的激動沮喪。

「克羅依蘭。」他再度說道。克羅依蘭在劍橋郡某處。還是諾福克？在平原邊界的某處。

侏儒替他送晚餐來，把餐盤放在他可以輕易取用的地方，但他完全沒察覺到她的存在。

「這樣你拿得到米布丁嗎？」她問。他沒有回答，她又說：「葛蘭特先生，我把你的布丁放在邊上，這樣你搆得到嗎？」

「**伊利！**」他對她大叫。

「什麼？」

「伊利。」他輕聲對著屋頂說。

「葛蘭特先生，你不舒服嗎？」

他發現侏儒抹著粉的小臉關切地擋他跟天花板上熟悉的裂痕之間。

「我很好，好得很。這輩子沒這麼好過。當個好人等我一下，替我送一封電報下去。把我的筆記本遞給我。那坨米布丁擋住了我拿不到。」

她把本子跟鉛筆遞給他。他寫道：

你能查出大約同時間法國是不是有類似的謠傳嗎？

葛蘭特

寫完之後他胃口大開地吃了晚餐，準備好好睡一覺。他愉快地在寤寐之間載浮載沉時，發覺有人傾身察看他。他睜看眼睛看會是誰，直直瞪入了亞瑪遜女戰士關切的棕色虹彩中，她的眼睛在柔和的燈光下看起來更大，更像牝牛了。她手上拿著一個黃色的信封。

「我不知道該怎麼辦。」她說，「我不想打攪你，但又不知道這會不會很重要。這是電報。要是你今天晚上沒收到的話，就得等整整十二個小時。茵格翰護士已經下班了，要到明天早上十點布格斯護士才會進來。我希望我沒吵醒你。但你沒睡著，是吧？」

葛蘭特跟她保證她做得沒錯，她呼出一口氣，幾乎把理查的畫像吹翻了。他閱讀電報時她站在一旁等待，像是準備電報要是帶來壞消息就可以安慰他。對亞瑪遜女戰士來說所有電報都是壞消息。

電報是卡瑞戴恩打來的。

上頭說：「你的意思是你要知道別處是否也有同樣的指控？　布藍特」

葛蘭特拿起預付的回電表格寫道：「對。特別是在法國。」

然後他對亞瑪遜女戰士說：「我想妳可以熄燈了。我要睡到明天早上七點。」

他想著不知何時會再見到卡瑞戴恩，以及別處有他期望的相同謠傳的機率不知有多大，然後睡著了。

但卡瑞戴恩沒多久就再度出現。他看起來完全不像要自殺的樣子。事實上他看起來不知怎地好像壯碩了些。他的大衣不再像是拖在身後的附屬品，而真的像是他穿的衣服。他容光煥發地看著葛蘭特。

「葛蘭特先生，你真是太神奇了。蘇格蘭場還有其他像你一樣的人嗎？還是你是特殊階級？」

葛蘭特幾乎難以置信地望著他。「別告訴我你真的找到了法國的版本！」

「你不是要我去找嗎？」

「對。我本來不敢抱著任何希望的。可能性似乎非常之低。你找到的法國謠傳是什麼形式？編年史還是信件？」

「都不是，是更讓人吃驚的玩意，說實話讓人沮喪。法國的內政大臣好像在圖爾的議事會上提到這個謠傳。他洋洋灑灑地講了一堆。事實上他扯了這一大篇才讓我聊堪告慰。」

「為什麼？」

「我覺得這聽起來像是一個參議員輕率地批評某個在自己國家施政不受人民歡迎的人。比較像是政治手段而非國事。如果你知道我的意思的話。」

「你應該加入蘇格蘭警場的，布藍特。內政大臣說了什麼？」

「原文是法文，我的法文不怎麼好。你還是自己看吧。」

他把用自己稚拙筆跡抄寫的紙遞過去，葛蘭特看著：

Regardez, je vous prie, les événements qui après la mort du roi Edouard sont arrivés dans ce pays. Contemplez ses enfants, déjà grands et braves, massacrés impunément, et la couronne transportée a l'assassin par la faveur des peuples.

（我懇請諸位看看，愛德華國王駕崩後，那個國家發生的種種事件。想想那兩個已經成長而勇敢的孩子慘遭屠殺；而凶手卻安然無恙，還在人民的擁戴下登上了王位。）

「那個國家，」葛蘭特說，「所以他徹底反英格蘭。他甚至暗示小王子們是在民意下被『屠殺』的。我們被當成野蠻民族了。」

「是的，我就是這個意思。這是參議員在討好選民。事實上那一年法國王室派遣了大使去晉見理查——大約六個月之後，所以他們可能發現謠傳不是真的。理查簽署了安全通行令給他們。要是他們還污衊他是謀殺犯的話，他不會這麼做的。」

「的確不會。你能給我這兩次謠傳的日期嗎？」

「當然。紀錄都在這裡。克羅依蘭的修士在一四八三年夏末記下了這些事件。他說兩個小王子據說慘遭謀殺，但沒有人知道是怎麼辦到的。議事會的發言則是在一四八四年一月。」

「太好了。」葛蘭特說。

「你**為什麼**希望別處也有同樣的謠言？」

「交叉核對。你知道克羅依蘭在哪裡嗎？」

「知道，在芬恩沼澤區。」

「是在芬恩沼澤區。靠近伊利。莫爾頓在逃離白金漢公爵之後就躲在芬恩沼澤區。」

「莫爾頓！沒錯，當然是他。」

「要是散播謠言的是莫爾頓，那他去了歐陸之後謠言一定也會出現。莫爾頓在一四八三年秋天逃離英格蘭，一四八四年一月立刻出現了謠言。對了，克羅依蘭是個非常偏遠孤立的地方，非常適合逃亡的主教躲藏，伺機出奔海外。」

「莫爾頓！」卡瑞戴恩再度說道，咀嚼著這個名字。「這件事每次有詭異的地方莫爾頓都會出現。」

「所以你也注意到了。」

「他在理查登基之前主謀殺害他，理查登基後的叛亂幕後也是他，他到歐陸的軌跡就跟蝸牛一樣，充滿了陰謀破壞。」

「蝸牛的部分只是推測，在法庭上站不住腳。但他一旦渡過海峽，所有的活動就不是偶然了。他專心開始進行陰謀破壞。他跟他一個叫做克理斯多夫．厄茲維克（Christopher Urswick，1448?~1522）的同夥，像海狸一樣勤奮地替亨利辦事；『發黑函送密探』到英格蘭去煽動對理查的敵意。」

「是嗎？我沒有你那麼清楚什麼能當法庭上的證據，什麼不能，但我覺得蝸牛的軌跡是可以允許的推論——如果你允許我這麼說的話。我想莫爾頓沒有等到去海外才開始他的破壞工作吧。」

「不，不，當然沒有。除去理查對莫爾頓是生死攸關的大事。約翰．莫爾頓的事業完了。他已經沒有搞頭了。這甚至不是他不能升遷的問題，而是會一無所有。他會失去無數的生計，只剩下身上的神職制服。他，約翰．莫爾頓，幾乎當上了大主教。但要是他能幫助亨利．都鐸登上王位，那他仍有機會不只當上坎特伯里大主教，還可以成為樞機主教。喔，沒錯，理查不該統治英格蘭，這對莫爾頓來說比什麼都重要。」

「好吧，」布藍特說，「他絕對是陰謀破壞的最佳人選。我想他跟本沒有節操可言。謀殺小孩的謠言對他來說一定是小菜一碟。」

「當然，他還是有可能真的相信的，雖然可能性很小。」葛蘭特說，他評估證據的習慣甚至勝過了他對莫爾頓的厭惡。

「相信兩個孩子是被謀殺的？」

「對。那可能是別人造的謠。畢竟當時英格蘭一定充滿了各種關於蘭開斯特家族的故事，有些完全出於惡意，有些則是宣傳。他可能只是傳播最新的謠言。」

「哼！我相信他可能在計畫謀殺他們呢。」布藍特尖刻地說。

葛蘭特笑起來。「我相信他也不是做不出來。」他說，「你在克羅依蘭的修士那兒還得到了什麼？」

「得到了一點安慰。我在驚慌地發了那封電報給你之後，發現他的話不能完全盡信。他只是記下從外界傳來的流言蜚語而已。比方說，他說理查在約克舉行了第二次的加冕典禮，那當然不是真的。要是他能把加冕典禮這種眾所周知的大事都搞錯的話，那他的紀錄實在不能相信。但他的確知道王權法案，還把內容都記錄下來了，包括愛蓮娜夫人在內。」

「真有趣。就連克羅依蘭的修士都知道愛德華娶了誰。」

「對，聖人摩爾一定是在很久之後才編出伊莉莎白．露西的。」

「更不要說理查侮辱了自己母親的名聲，來獲得王位繼承權那個不堪啟齒的故事了。」

「什麼？」

「他說理查叫人在講道的時候說，愛德華跟喬治是他母親跟別的男人生的，不是他父親的兒子。因此理查是唯一正統的王位繼承人。」

「聖人摩爾就不能編出一個比較有可信度的故事嗎。」卡瑞戴恩嘲諷地說。

「是啊。特別是在毀謗的時候理查還跟母親住在一起呢！」

「是沒錯，我忘了。我沒有警察的腦袋。你說莫爾頓是謠言傳播者的理論非常厲害。但要是別處也流傳著這個謠言呢？」

「那當然有可能。但我願意跟你打賭不會。我根本不相信有小王子失蹤的謠言。」

「為什麼不相信？」

「我有個無法駁斥的理由。要是當時情勢有任何風吹草動，任何陰謀行動或謠言的跡象，理查一定會立刻應對。後來謠傳說他打算娶自己的姪女伊莉莎白——兩個小王子的姊姊——他就像老鷹一樣立刻行動。他不只送信到各個城鎮明確地闢謠，還憤怒地（他顯然覺得自己不該遭人中傷）把倫敦的行政長官們召集到最大的會堂（這樣他就可以畢其功於一役），直接告訴他們他對這件事的看法。」

「對。當然你說的沒錯。要是謠言傳開了，理查一定會公開闢謠。畢竟這比他要娶自己姪女嚴重多了。」

「沒錯。當時娶自己的姪女確實可以獲得教廷豁免。我猜現在也可以。這不是我在蘇格蘭場的管轄範圍。可以確定的是，要是理查這麼努力否認婚姻的謠言，他絕對會不惜一切澄清謀殺的謠言，要是有這種謠言的話。於是不可避免的結論就是：當時並沒有兩個小男孩失蹤或慘遭不測的傳聞。」

「只有一道從芬恩沼澤區到法國的涓滴細流。」

「只有一道從芬恩沼澤區到法國的涓滴細流。當時的情況完全看不出兩個小男孩出了事。我是說，警方調查案件的時候，會注意案子的嫌犯是否有任何不正常的舉止。X每個星期四晚上都去看電影，那為什麼某個晚上決定不去了？Y為什麼跟往常一樣拿了回程票，但卻十分不尋常地沒有使用？像這樣的事。但在理查登基到他死亡這段短短的時間裡，每個人的舉止都很正常。男孩們的母親從避難所出來，跟理查和解了。女孩們重新加入宮廷生活。男孩們照理應該繼續因父親之死中斷的課程。他們的表親在議會中任職，重要到讓約克市寫信給他們。這是一幅正常平和的景象，每個人都做自己平常做的事，沒有任何跡象顯示家族裡剛剛發生了一樁駭人聽聞的重大謀殺。」

「看起來我好像還是可以寫那本書了，葛蘭特先生。」

「你絕對要寫的。你不只得拯救理查的名譽，還得澄清世人對伊莉莎白．伍德威爾的責難，她並沒有為了一年七百銀幣和其他好處而對兒子的謀殺視而不見。」

「我要寫書的話當然不能這樣結尾。我必須替兩個小王子的下落提出某種理論才行。」

「你會的。」

卡瑞戴恩平靜的視線從泰晤士河上方的雲朵移到葛蘭特臉上。他眼中帶著疑問。

「你為什麼用這種語氣？」他問，「你為什麼看起來像是舔著奶油的貓？」

「在等你出現的空虛日子裡，我一直用警察的方向思考。」

「警察的方向？」

「對。誰是受益者之類的。我們發現兩個小王子死了對理查沒有半點好處。既然如此，我們可以繼續調查看誰有好處。這裡王權法案就派上用場了。」

「王權法案跟謀殺有什麼關係？」

「亨利七世娶了男孩們的姊姊，伊莉莎白。」

「對。」

「這是他為登上王位安撫約克家族的方法。」

「對。」

「宣布王權法案無效，她就不是私生子了。」

「當然。」

「但是孩子們既然不是私生子，他就讓兩個小王子自動成為繼承順位高於她的王位繼承人。事實上宣布王權法案無效，他就讓兩個小王子裡的哥哥成為英格蘭國王。」

卡瑞戴恩輕輕咋舌。他的眼睛在角框眼鏡後愉快地發光。

「所以，」葛蘭特說，「我建議我們順著這個方向繼續調查。」

「當然。你想知道什麼？」

「我想知道泰瑞爾認罪的更多細節。但首先我最想知道的是相關人士的反應，他們的遭遇；不是別人說他們怎麼樣了。就像我們之前調查理查在愛德華突然死掉之後的情況那樣。」

「好。你想知道什麼？」

「我想知道那些理查讓他們活得好好的約克家繼承人怎麼樣了。每一個人。你能幫我這個忙嗎？」

「當然，這是基本的。」

「我還要多知道一點泰瑞爾的事。我是說那個人本身，以及他做了些什麼。」

「我會去查，」卡瑞戴恩帶著蓄勢待發的氣勢站起來，葛蘭特以為他真的要把大衣扣起來了。「葛蘭特先生，我真的非常感激你，這些——」

「有趣的遊戲？」

「等你康復之後，我要——我要——我要帶你參觀倫敦塔。」

「還是坐船去格林威治吧。我們島國民族對船有熱情。」

「你想要過多久他們才會讓你下床？」

「可能在你查到繼承人跟泰瑞爾的消息之前就可以了。」

結果卡瑞戴恩回來的時候，葛蘭特還是沒有下床，但他已經可以坐起來了。

「你無法想像，」他對布藍特說，「在看了那麼久的天花板之後，對面的牆有多麼迷人。還有這個世界坐起來看顯得多麼奇怪渺小。」

卡瑞戴恩看見他有所進步的欣喜之情讓他感動。他們花了一會兒時間才開始談正事。葛蘭特不得不開口：「所以約克的繼承人在亨利七世的統治下過得如何？」

「喔，對，」男孩說，掏出他的那疊筆記，用右腳鉤住椅腳的橫桿，把椅子拉過來坐下。「我該從哪開始？」

「這個嘛，我們知道伊莉莎白。他娶了她，她一直到死都是英格蘭王后，然後他試圖娶西班牙的瘋女胡安娜（Juana，1479~1555）。」

「對。伊莉莎白在一四八六年春天嫁給亨利——其實是一月，博斯沃斯戰役後五個月，然後死於一五〇三年春天。」

「十七年。可憐的伊莉莎白。跟亨利在一起一定像是七十年。他是人家委婉地稱之為『不疼老婆』的人。我們來看看這家人。我是說愛德華的孩子們。兩個男孩的下落不明。希希莉怎樣了？」

「她嫁給了亨利的老舅舅衛爾士爵爺[21]，被送去住在林肯郡。安和凱薩琳還小，等她們年紀夠大就嫁給了蘭開斯特家的人。老么布麗姬特去了達特福德當修女。」

「到目前為止都很中規中矩。接下來是誰？喬治的兒子？」

「對。小沃瑞克。一輩子關在倫敦塔裡，因為試圖脫逃而被處決。」

「這樣啊。喬治的女兒呢？瑪格莉特。」

「她成了薩里斯伯里伯爵夫人。亨利八世編出一個罪名處決了她，顯然是典型的司法謀殺。」

「伊莉莎白的兒子呢？另外一個繼承人？」

「約翰・德拉波爾。他到勃根第去投靠姨媽，直到——」

「投靠瑪格莉特，理查的姊姊。」

21 John Welles，1st Viscount Welles，1450~1498，第一任衛爾士子爵。

「對。他死於西米爾叛亂[22]中。但他有個弟弟沒在你的名單上，他被亨利八世處決。他獲得安全通行令，跟亨利七世投降。我猜亨利覺得不予理會安全通行令的話會觸霉頭。反正他的好運也快用完了。亨利八世就不肯冒險，他不止殺了德拉波爾。你的名單上還漏了另外四個人。艾克斯特、薩里、白金漢跟孟特鳩，他把這一票人都幹掉了。」

「理查的兒子呢？約翰？他的私生子？」

「亨利七世給他一年二十鎊的年金，但他是第一個被幹掉的。」

「罪名是什麼？」

「他涉嫌收到愛爾蘭的邀請函。」

「你在開玩笑。」

「我沒有。愛爾蘭是王黨叛軍的重鎮。約克家族在愛爾蘭很受歡迎。從那裡來的邀請函在亨利眼中就等於死刑判決。雖然我想不出來亨利為什麼要在乎小約翰。他是個『活潑又有教養的孩子』，這是《條約集》[23]裡說的。」

22 Simnel rising，蘭伯特．西米爾（Lambert Simnel，1477~1525）於一四八七年自稱是喬治的兒子沃瑞克伯爵，跟林肯伯爵約翰．德拉波爾聯手叛亂。

23《條約集》（*Foedera*），由湯瑪斯．萊莫（Thomas Rymer，1643~1713）耗費二十年編纂的英國王室與外國王室宗親簽署的大小條約、和議、協定等文獻集。

「他比亨利有資格繼承王位。」葛蘭特非常尖刻地說，「他是國王唯一的私生子，亨利則是國王小兒子的私生子的曾孫。」

他們沉默了一會兒。

然後卡瑞戴恩打破沉默說：「對。」

「對什麼？」

「你在想的事情。」

「看起來是這樣，不是嗎？他們是名單上唯一下落不明的兩個。」

另一陣沉默。

「那些全是司法謀殺，」過了一會兒葛蘭特說，「用法律當殺人的手段。但你不能把死刑栽在兩個孩子頭上。」

「是不能。」卡瑞戴恩同意，繼續看著麻雀。「不，他得用別的方法。畢竟他們倆很重要。」

「關鍵的兩個人。」

「我們要怎麼開始？」

「就跟我們調查理查的繼承人一樣。查出亨利登基後最初幾個月大家在哪裡，在做什麼。就說第一年好了。這期間會有中斷的模式，就像小王子的加冕準備突然中斷那樣。」

「好。」

「你查了泰瑞爾嗎？他是誰？」

「查了。他跟我想像中完全不一樣。我以為他會是個跑腿的打手，你也是這麼想吧？」

「我想我也是。他不是嗎？」

「不是。他是個重要人物。他是吉平的詹姆斯．泰瑞爾爵士。他是愛德華四世好幾個——我想可以稱之為委員會的成員。伯瑞克圍城的時候，他在理查手下表現不錯，被封為方旗爵士，不管那是什麼。但是我沒查到他參加博斯沃斯戰役。好多人在那場戰爭中都遲到了——你知道嗎？——所以我想這點沒什麼特別重要。總之他不是我以為的那種跑腿打雜的人。」

「真有趣。他在亨利七世手下表現如何？」

「這真的非常有意思。以一個約克家族忠實又成功的僕人來說，他在亨利手下更加興旺了。亨利任命他為吉訥的治安官，然後他以使節身分被派往羅馬。他是交涉艾達普勒合約[24]的代表之一。然後亨利給了他威爾斯某些土地的收入，當他的終生年俸，但後來又讓他換成同等的吉訥郡土地收入——我想不出為什麼。」

24 Treaty of Etaples，一四九二年簽訂，結束英格蘭與法蘭西之間的戰爭。

「我想得出。」葛蘭特說。

「你想得出？」

「你有沒有發現他所有的頭銜和任務都不在英格蘭？連賞賜給他的產業也一樣。」

「是這樣沒錯。你看出什麼苗頭了嗎？」

「現在還沒有。他可能只是覺得吉訥對他的支氣管比較好。我們對歷史上的交易很容易想太多。就跟莎士比亞的戲劇一樣，可以有無限的解釋。他跟亨利七世的蜜月持續了多久？」

「喔，持續了很久。一直到一五〇二年一切都很好。」

「一五〇二年發生了什麼事？」

「亨利聽說他打算幫倫敦塔裡的約克家人逃到德國去。他派了一整隊加萊的駐軍包圍他在吉訥的城堡。那還不夠快，於是他又派了他的掌璽大臣去——你知道那是什麼嗎？」

葛蘭特點點頭。

「派了他的掌璽大臣——你們英國人真會替官位取名字——說他要是願意登上加萊的船，跟財政大臣會商的話，就給他安全通行令。」

「別告訴我了。」

「我不用說，對不對？他淪落到倫敦塔的地牢裡。然後在一五〇二年五月六日『未經審判而匆忙地』被砍頭了。」

「他的自白呢？」

「沒有自白。」

「什麼！」

「不要這樣看我。又不是我的錯。」

「但我以為他承認謀殺了兩個小王子。」

「對，許多記載都這麼說。但那只是記載他認罪了，並不是——不是自白的紀錄。如果你知道我的意思的話。」

「你是說，亨利沒有公布他的自白？」

「沒有。他付錢給一個叫做波利多爾．維吉珥的歷史學家，寫下謀殺案發生的經過。在泰瑞爾死後。」

「但要是泰瑞爾承認他在理查的指使下謀害了兩個小王子，那他為什麼沒有因此被起訴，然後公開受審呢？」

「我想不出來。」

「讓我搞清楚。泰瑞爾死了之後，大家才知道泰瑞爾認了罪。」

「對。」

「泰瑞爾承認在一四八三年，將近二十年前，他從沃里克偷偷摸摸地回到倫敦，從倫敦塔的治安官——我忘了他的名字——」

「布萊肯貝利，羅伯特．布萊肯貝利爵士。」

「對，他從羅伯特．布萊肯貝利爵士手中借了倫敦塔的鑰匙一晚上，謀害了兩個小王子，交回鑰匙，然後跟理查回報。他承認了這件事，結束了一樁沸沸揚揚的懸案，然而他沒有公開受到任何懲治。」

「啥都沒有。」

「我可不願意帶著這種故事上法庭。」

「我連考慮一下都不願意。從沒聽過這麼假的故事。」

「他們沒有找布萊肯貝利來確認一下到底有沒有把鑰匙交出去嗎？」

「布萊肯貝利死在博斯沃斯。」

「所以他也死無對證，真是方便。」他躺著思索這一切。「你知道嗎，要是布萊肯貝利死在博斯沃斯，那我們就有另一絲對我們有利的證據了。」

「怎麼說？是什麼？」

「要是真的是那樣，我是說，要是鑰匙真的在理查的命令下交出去了一個晚上，那倫敦塔許多階級沒那麼高的差人一定也知道。亨利接管倫敦塔的時候，這些人竟然沒一個出來告訴他，未免太不可思議了。特別要是兩個小王子失蹤了的話。布萊肯貝利死了，理查也死了。剩下來階級最高的人應該要交出兩個小王子。交不出來的話他一定會說：『有一天晚上治安官把鑰匙交了出去，然後就沒人見過兩個小王子了。』大家一定會無情地聲討拿走鑰匙的人。他應該是起訴理查的關鍵證據，把他揪出來對亨利絕對是錦上添花。」

「不僅如此，而且倫敦塔的人都認識泰瑞爾，他沒辦法不聲不響地溜進去。當時倫敦那麼小，他一定是個熟面孔。」

「對。要是這個故事是真的，泰瑞爾應該在一四八五年就因為謀殺兩個小王子公開受審然後處決了。當時並沒有人能保護他。」他伸手拿香菸。「但是我們只知道亨利在一五〇二年處決了泰瑞爾，然後透過某個歷史學家說泰瑞爾在二十年前就承認他謀殺了兩個小王子。」

「對。」

「雖然泰瑞爾承認犯下了罪大惡極的罪行，但亨利卻沒有在任何時間地點解釋過自己為什麼沒有審判他。」

「據我所知沒有。你知道他簡直像螃蟹一樣，專走旁門左道。他從來不直接面對一件事，連謀殺也一樣。一切都要遮掩成別的樣子。他等了好多年才找到某個合法的藉口掩蓋謀殺案。他的腦袋像是螺絲起子。你知道他當上亨利七世之後做的第一件事是什麼嗎？」

「不知道。」

「要用叛國罪處決幾個在博斯沃斯戰役中支持理查的人。你知道他怎麼讓叛國罪名合法化嗎？他把自己當上國王的時間推到博斯沃斯戰役之前。能夠動這種詭譎腦筋的人有什麼事幹不出來的。」他接過葛蘭特遞給他的香菸。「但他沒能得逞。」他愉快地加上一句。「哈哈，他沒得逞。老天保佑英格蘭人，他們沒讓他為所欲為。他們叫他一邊涼快去。」

「怎麼辦到的？」

「他們用禮貌的英格蘭方式呈遞了一份議會法案，上面說任何侍奉當時君王的人都不能被控叛國，也不能被沒收產業或下獄，他們非讓他同意不可。這真是太英格蘭式的作法了，禮貌卻無情。不會因為他們不喜歡他玩這種小伎倆就在大街上吼叫或丟石頭。只擬了一份合理又禮貌的法案，逼得他非吞下去不可。我打賭他一定消化不良。好了，我得走了。真高興看見你能坐起來，精神這麼好。我看我們馬上就可以去格林威治玩了。

格林威治有什麼好玩的？」

「有些非常漂亮的建築，和一段泥濘的河流。」

「就這樣？」

「還有幾家不錯的小酒館。」

「我們要去格林威治。」

他離開後，葛蘭特滑著躺下，一根接一根地抽菸，一面想著在理查三世治世下興旺的約克家繼承人，在亨利七世的時代紛紛進了棺材。

其中有些人可能是「自食惡果」。畢竟卡瑞戴恩的報告只是概要；沒有成見，黑白分明。但所有阻擋都鐸登上王位的人都非常便利地早早死了，說是巧合未免太過。

他不怎麼有興趣地看著卡瑞戴恩帶來給他的書。書名是《理查三世的一生和治世》，作者是詹姆士・蓋德納（James Gairdner，1828~1912）。卡瑞戴恩跟他保證他會發現蓋德納博士值得花時間一讀。根據布藍特的說法，蓋德納博士「爆笑異常」。

葛蘭特並不覺得這本書特別好笑，但現在任何關於理查的書都比其他書要好，所以他開始翻閱，立刻就發現布藍特說這位博士「爆笑異常」是什麼意思了。蓋德納博士堅信理查是殺人凶手，但既然他是誠實又博學的作家，而且他自信公正不阿，不會隱蔽事實，於是看蓋德納博士努力試圖讓事實符合他的理論真是非常有娛樂性，葛蘭特很久沒有看過這麼有趣的文章了。

蓋德納博士顯然毫無困難地承認理查睿智聰明、慷慨勇敢、能幹迷人、受人愛戴，連被他打敗的敵人都能信任他；然而在此同時也記述了理查對自己母親惡毒的誹謗，以及屠殺了兩個無助的孩子。可敬的博士寫道「口耳相傳說」，然後嚴肅地記下了這些可怕的口耳相傳，還深信不疑。博士說理查這個人並不刻薄或斤斤計較——但他是個謀害兒童的凶手。就連他的敵人也相信他公正不阿——但他謀殺了自己的姪兒。他的正直令人景仰——但他為了私利殺人。

蓋德納博士的軟骨功簡直前無古人後無來者。葛蘭特更加想知道歷史學家到底是用腦子的哪個部分推理的。凡人腦子的運作過程顯然無法達成這些結論。他沒有在任何小說、實錄、更加沒有在現實生活中，碰到過任何跟蓋德納博士的理查或奧利芬特的伊莉莎白．伍德威爾有半點相似的人。

或許蘿拉說人性難以放棄先入為主的成見是有道理的。人的內心都隱隱地憎恨推翻自己接受的事實。蓋德納博士顯然像個受驚的孩子一樣，不情不願地被拖向無可避免的結論。

葛蘭特很清楚正直迷人的好人的確會殺人。但不是那種方式的謀殺，也不是為了那種理由。蓋德納博士在他的《理查三世的一生和治世》裡描繪的人，只會在自己的私人生活遭到重大震撼時才會犯下謀殺。他或許會因為突然發現妻子紅杏出牆而殺了她。或是殺掉暗中搞鬼把公司拖垮，毀了他家孩子未來的合夥人。無論他殺了什麼人，都會是極度情感波動的結果，不會是計畫好的，也不會是低劣的殺戮。

我們不能說：因為理查有這種或那種特質，所以他不會殺人。但我們可以說：因為理查有這些特質，所以他不會犯下這樁謀殺案。

謀殺兩個小王子實在太蠢了，而理查是個非常有能力的人；這樁謀殺低劣到難以形容，而他是一個非常正直的人；這樁謀殺冷酷至極，而他卻以寬大為懷著稱。

我們可以細數他的美德，發現每一項都讓他非常不可能犯下這件謀殺案。把這些不可能的因素聚集在一起，就讓他是凶手的說法成了天方夜譚。

「你列的清單裡，」幾天之後，卡瑞戴恩非常愉快地飄然前來。「忘了叫我查一個人。」

「喔，誰啊？」

「史迪林頓。」

「對了！德高望重的巴斯主教。王權法案彰顯了理查的正直，讓亨利的太太變成私生子，他既然痛恨法案，一定更加討厭提出法案的人。史迪林頓下場如何？也是司法謀殺嗎？」

「顯然這老傢伙不肯一起玩。」

「不肯玩什麼？」

「亨利的安撫遊戲。他置身事外。他要不是個精明的老滑頭，就是天真到看不出陷阱。我相信——如果一個小研究員能有自己的意見的話——他天真到所有人的激將法都無效。至少任何能讓他惹上殺身之禍的都無效。」

「你是說亨利被他打敗了嗎？」

「喔，沒有沒有，沒人能打敗亨利。亨利栽了一個罪名到他頭上，然後就忘記釋放他了。無緣再踏歸鄉路[25]。那是說誰？狄依沙洲上的瑪麗？」

「你今天早上精神真不錯，雀躍萬分。」

「請不要用這麼懷疑的口氣。我還沒公開呢。你看見的活潑是腦力活動的碳化，心靈的歡慶。完全是知性的火花。」

「是嗎？快點坐下來說。有什麼好事？我猜是有好事吧？」

「好這個字不足以形容。簡直美極了，完美透頂。」

「我覺得你喝多了。」

「今天早上我想喝酒都沒辦法。我滿意得要命，飽到快滿出來了。」

「你找到了我們要的那個被打斷的模式對吧？」

「對，我找到了。但比我們想像的要晚，我是說時間上。比較後面。一開始幾個月大家的舉動都很正常，沒有什麼出人意表的地方。亨利接管了王位——完全沒提到兩個小

25 此句出自十九世紀英國文學家查爾斯・金斯萊（Charles Kingsley，1819~1875）的詩作《狄依沙洲》（*The Sands of Dee*）。

王子——把該收拾的都收拾了，娶了小王子的姊姊。讓自己那票被褫奪公權的人馬召開議會，取消了他自己的褫奪王權案——完全沒提到小王子——廢了理查跟效忠他的臣民的權利，就是之前被他裁了叛國罪的那些人。大批的沒收產業一下子就入了他的口袋。對了，亨利定叛國罪的手法讓克羅依蘭的修士大為震驚。『喔，主啊，』他說，『要是忠實的臣民可能失去生命和一切家產，從今而後我們的君王如何能夠安心上戰場呢。』」

「他沒管同胞意見自己表達了。」

「是的。那修士或許知道英格蘭人民遲早也會發覺這樣不對吧。要不然也可能因為他是外國人。不管怎樣，亨利掌權之後發生的事情都在意料之中。他在一四八五年登基，次年一月娶了伊莉莎白。伊莉莎白在溫徹斯特生下第一個孩子，她的母親也在場，同時出席了嬰兒洗禮。那是一四八六年九月。然後秋天她回到倫敦——我是說王太后。二月的時候——抓緊了別跌下來——她被關到修道院，終身監禁。」

「**伊莉莎白．伍德威爾**嗎？」葛蘭特大為震驚。他完全沒想到會這樣。

「對，伊莉莎白．伍德威爾。小王子的媽媽。」

「你怎麼知道她不是自願去的？」葛蘭特思索了一陣子之後問道。「厭倦了宮廷生活的貴婦遁入修院是很平常的事。日子也並不難過。事實上我覺得這對有錢的女人來說，應該是滿安適的生活方式。」

「亨利沒收了她所有的財產，命令她進伯蒙斯第的修道院。順便一提，這確實引起了騷動。當時大家似乎『議論紛紛』。」

「我想也是。真是太奇怪了。他有說為什麼嗎？」

「有。」

「他為什麼要廢了她？」

「因為她對理查友善。」

「你是說真的嗎？」

「當然。」

「這是正式的用詞嗎？」

「不是，是亨利御用的歷史學家說的。」

「維吉珥？」

「對。議會法令裡說『根據各種考量』，所以把她關起來。」

「你是引用實際文句嗎？」葛蘭特難以置信地問道。

「我是直接引用。上面說：『根據各種考量』。」

過了一會兒葛蘭特說：「他真沒有編造藉口的天分，對不對？我要是他的話，可以編出六個像樣得多的藉口。」

「他要不是不在乎，就是覺得別人都很好騙。他一直都不覺得她對理查友善是個問題，一直到登基十八個月之後。在那之前一切似乎都順利得很。他剛取代理查的時候甚至還送她禮物，給她領地什麼的。」

「所以他真正的理由是什麼？你有任何理論嗎？」

「我有另外一件小事或許可以給你一些想法。那讓我有了一個很重大的想法。」

「請說下去。」

「那年六月——」

「哪一年？」

「伊莉莎白結婚的頭一年。一四八六。那年一月她結婚了，九月的時候在溫徹斯特生下了亞瑟王子，她母親也在場。」

「對，好。」

「當年六月，詹姆斯．泰瑞爾爵士獲得了大赦。六月十六日。」

「這不代表什麼啊。這種事很尋常。在一個階段的任期結束以後，或是開始新任務之前。這只是表示你可以免於之後任何人可能的中傷。」

「這我知道。第一次大赦我並不驚訝。」

「**第一次**大赦？還有第二次嗎？」

「對。重點在這裡。一個月後詹姆斯爵士獲得了第二次大赦。一四八六年七月十六日。」

「這樣啊。」葛蘭特在心裡咀嚼了一番。「這真的非常奇特。」

「非常不尋常。我問了一個跟我在大英博物館共事的傢伙——他做歷史研究，我跟你說他幫了我很大的忙——他說他沒碰到過別的例子。我給他看了兩項記載，《亨利七世實錄》裡的，他像談戀愛一樣對著書神魂顛倒呢。」

葛蘭特沉吟道：「六月十六日泰瑞爾獲得了大赦。七月十六日他得到了第二次大赦。十一月左右小王子的媽媽回到倫敦。次年二月她就被終身監禁了。」

「很有暗示性吧？」

「非常。」

「你覺得是他幹的嗎？泰瑞爾。」

「有可能。這非常容易聯想，不是嗎？我們找到了被打斷的模式，泰瑞爾就出現了。就在現場，完全不合理地脫離了他的慣常模式。小王子失蹤的謠言是什麼時候開始廣泛傳開的。我是說，大家都公開談論的時候。」

「似乎是在亨利執政的初期。」

「對，一切都吻合。這可以解釋從一開始就讓我們想不透的謎團。」

「你是什麼意思？」

「這可以解釋為何兩個小王子失蹤沒有引起騷動。這一直令人百思不解，就連相信理查殺了他們的人也是。仔細想想就知道，理查不可能殺了他們而沒有任何後果的。理查的時代有一個非常大、非常有勢力的反對黨，但他完全放任他們到處自由行動。要是小王子失蹤了，他得面對所有伍德威爾跟蘭開斯特家的人。但亨利完全可以高枕無憂，不用擔心有人干預或好奇。他把所有反對黨都關進監獄裡了。唯一可能的危險就是他的岳母大人，她一成為可能干擾他的因素，就立刻被打壓監禁。」

「對。你不覺得她可能做了些**什麼**嗎？當她發現自己得不到兩個小王子的消息時。」

「她可能根本不知道他們失蹤了。他可能只是說：『我希望妳不要跟他們見面。我認為妳會對他們造成不好的影響：妳離開了避難所，讓女兒去跟那個男人飲宴作樂！』」

「對，就是這樣，當然。他用不著等她起疑心。這整件事可能只有一招。『妳是個壞女人，也是糟糕的母親。我要把妳送進修道院去拯救妳的靈魂，讓妳的孩子們不被妳污染。』」

「沒錯。至於英格蘭其他人他完全不用管。沒有比他更高枕無憂的殺人凶手了。在他想出了聰明的『叛國』點子之後，沒人會冒著掉腦袋的危險詢問小王子的安危。每個人一定都戰戰兢兢，如履薄冰。沒人知道亨利接下來會想出什麼追溯的罪行，把他們全關起來，沒收他們的財產。那可不是對任何跟自己無關的事情好奇的時候。反正不管什麼人要滿足好奇心可都不容易。」

「你是說在小王子住在倫敦塔的時候。」

「小王子住在倫敦塔，由亨利的手下監管的時候。亨利完全不像理查，沒有半點無為而治的精神。亨利不支持約克／蘭開斯特聯盟。管理倫敦塔的一定是亨利的手下。」

「自然是這樣。你知道亨利是第一個有貼身保鏢的英格蘭國王嗎？我想知道他怎麼跟他太太說她兩個弟弟的下落。」

「是啊，那一定很有趣。他甚至可能會告訴她事實。」

「亨利嗎？絕對不會！葛蘭特先生，亨利要承認二加二等於四，一定都要經過一番天人交戰。我跟你說過他就像螃蟹一樣，從來不正面迎擊。」

「要是他是個虐待狂，就可以直接告訴她，不用擔心後果。她完全束手無策。就算她想做點什麼也無法。她八成也並不想做什麼。她剛剛生下了英格蘭的王位繼承人，還準備生第二個。她可能沒閒心發動聖戰：特別是這場聖戰會讓她無立足之地。」

「亨利不是虐待狂，」卡瑞戴恩遺憾地說。他很遺憾必須用一個否定的美德來形容亨利。「從某方面來說剛好相反。他並不喜歡殺人。他得美化這件事才能忍耐，用法律的外表包裝。如果你以為亨利會在床上得意洋洋地跟伊莉莎白吹噓他如何解決了她的弟弟們，那你就錯了。」

「很有可能。」葛蘭特說，躺著思考亨利這個人。「我剛剛想到了適合亨利的形容詞。」

不一會兒他說，「邋遢。他是個邋遢的傢伙。」

「對。他連頭髮都很稀疏。」

「我不是說他的外表。」

「我知道你不是。」

「回過頭來想想，他做的每件事都很邋遢。『莫爾頓的岔路』是歷史上最邋遢的斂財方法，但這不只是他對錢的貪婪。他的一切都很邋遢，不是嗎？」

「是。蓋德納博士要讓這個角色言行一致絕對不會有困難。博士的大作你看得如何了？」

「非常有趣的研究。但看在老天的份上，我覺得偉大的博士可以去當罪犯。」

「因為他作弊嗎？」

「因為他沒有作弊。他非常誠實。只不過沒辦法從B推論到C。」

「好，我洗耳恭聽。」

「任何人都可以從A推論到B——連小孩都可以。大部分的成人可以從B推論到C。但很多人辦不到，大部分的罪犯都不能。你可能不相信——我知道這跟一般相信罪犯迷人又可愛的形象有很大差別——但罪犯的頭腦基本上都很傻的。有時候傻到你無法想像。你得親身體驗才會相信他們如何缺乏推理能力。他們達成了B的結論，但他們沒法跨越到C。他們會把兩件完全不相容的事情放在一起，然後志得意滿地打量。你沒辦法讓他們看出魚與熊掌不能兼得，就像你不能讓一個沒有品味的人明白，把幾塊三夾板釘在山形牆上是沒法模仿都鐸式梁柱的。你開始寫你的書了嗎？」

「這個嘛——我開始試寫了。我知道我**打算**怎麼寫，我是說形式。我希望你不介意。」

「我為什麼要介意？」

「我想把事情發生的經過寫下來。你知道，就是我如何來看你，我們無意間開始調查理查，完全不知道會發現什麼，我們只專注於真正發生的事，而不只是事後別人的報導。我們如何找尋被打斷的正常模式，那意味著問題所在，就像潛在深處的潛水夫冒出的泡泡一樣。諸如此類的事。」

「我覺得這個主意很棒。」

「你真的這麼覺得嗎？」

「真的。」

「那就好。我就這麼寫了。我還要研究一下亨利，算是陪襯。我想將他們倆真正的紀錄並排呈現。這樣大家就可以自己比對。你知道亨利發明了星室法庭嗎？」

「是亨利嗎？我忘記了。莫爾頓的岔路和星室法庭。典型的精明手段，典型的專制機器。區分不同的人像完全不會有任何困難的！莫爾頓的岔路和星室法庭，跟保釋權和防制恐嚇陪審團形成了強烈的對比。」

「那是理查的議會嗎？老天，我還有好多書得讀。雅特蘭塔現在不跟我說話了，她恨你入骨。她說我簡直跟去年的《VOGUE》雜誌一樣沒用。但說老實話，葛蘭特先生，這是我這輩子第一次碰到這麼令人興奮的事。我是說，這麼重要的事。不是興奮的那種興奮，雅特蘭塔很讓人興奮，我這輩子只需要她的那種興奮。但我們倆都不重要，我所謂的重要——如果你明白我的意思的話。」

「我明白。你找到了值得做的事。」

「就是這樣。我找到了值得做的事，而且是我親自去做；所以才這麼美好。我，卡瑞戴恩太太的寶貝兒子。我跟雅特蘭塔到這裡來，只是用研究當藉口逃離老家。我走進大英博物館讓我老爸無話可說，但我走出來時卻有了目標。這不是太棒了嘛！」他沉思地打量著葛蘭特。「葛蘭特先生，你確定你不想自己寫這本書嗎？這畢竟是一件很了不起的事啊。」

「我絕對不會寫書，」葛蘭特堅定地說，「連《我在蘇格蘭場的二十年》都不寫。」

「什麼！你連自傳都不寫嗎？」

「我連自傳都不寫。我覺得世界上的書已經太多了。」

「但這本是一定要寫的。」卡瑞戴恩略顯委屈地說。

「當然。這本一定要寫。我有件事忘了問你。告訴我，泰瑞爾獲得兩次大赦之後過了多久才被派往法國？他在一四八六年七月可能替亨利辦了那件事之後，過了多久才去當吉訥城堡的治安官？」

卡瑞戴恩不再顯得委屈了。他那張溫馴小綿羊的臉上露出最大的惡意。

「我才在想你什麼時候才要問呢，」他說，「要是你忘記問的話，我打算在離開時丟這個炸彈的。答案是：幾乎立刻就去了。」

「原來如此。馬賽克上另一塊符合的小碎片。我想知道治安官的職位是剛好空著，還是因為亨利想讓他離開英格蘭，才給他一個法國的職位。」

「我打賭是反過來。想離開英格蘭的是泰瑞爾。要是亨利七世是我的國王，我絕對希望天高皇帝遠。特別是在我替亨利幹了什麼祕密的勾當，我天不假年對他有利的時候。」

「你說的可能沒錯。他一直待在外國——我們已經注意到了。真有趣。」

「待在國外的不止他一個人。約翰·戴頓也是。我查不出據說跟謀殺案有關的人到底是哪些。所有都鐸時期的記載都不一樣，我猜你知道。大部分的記載都南轅北轍到互相矛盾的地步。亨利的御用歷史學家波利多爾·維吉珥說，謀殺案發生的時候理查在約克。

根據聖人摩爾的說法，事情是在理查之前出巡時在沃里克發生的。每個記載裡提到的人物也都不一樣，所以要釐清他們有點困難。我不知道威爾．史雷特是誰——他小名叫黑威爾，又是另一個擬聲的例子——麥爾斯．佛瑞斯特我也不知道是誰。但有個叫做約翰．戴頓的傢伙。格拉夫頓說他在加萊住了很久，『沒少招人指點厭惡』，最後非常悽慘地死了。他們真是喜歡教訓人，是不是。維多利亞時代的人完全沒得比。」

「要是戴頓很窮的話，那他估計沒替亨利辦事。他是幹什麼的？」

「如果是同一個約翰．戴頓的話，他是神父，而且一點都不窮困。他靠著閒職的收入過著非常舒服的日子。亨利在一四八七年五月二日，給了一個叫做約翰．戴頓的人弗貝克的聖職俸祿——那是在林肯郡，格蘭瑟姆附近。」

「唉喲，唉喲，」葛蘭特拖長了聲音說，「一四八七年，而且他也在國外過著好日子。」

「嗯哼，真美妙，是不是？」

「美極了。有人解釋過遭人指指點點的戴頓為何沒被拖回國去，因弒君罪吊死嗎？」

「喔，沒有，完全沒解釋。都鐸的歷史學家都沒法從B推到C。」

葛蘭特笑起來。「我看得出你學到點東西了。」

「當然。我不只學到了歷史，還受教於蘇格蘭場，研讀人性這個科目。今天就到此為止了。要是你精神好的話，下次我唸我的書的前兩章給你聽。」他停頓了一下，然後說：

「葛蘭特先生，你不介意我把這本書獻給你吧？」

「我覺得你最好把書獻給卡瑞戴恩三世。」葛蘭特輕鬆地說。

但是卡瑞戴恩顯然不覺得這是件小事。

「我不用肥皂劇式的獻詞的。」他略微僵硬地說。

「喔，不是肥皂劇，」葛蘭特急急說道，「只是一種策略。」

「葛蘭特先生，要不是你的話，我絕對不會開始進行這項研究。」卡瑞戴恩說，他站在房間中央，態度正式、情緒激動，非常美國化。大衣的下襬在他周圍飄動。「我想表達我欠的人情。」

「我會很高興的。」葛蘭特喃喃道，房中央凜然的身形再度放鬆成原來那個大男孩，尷尬的一刻已經過去。卡瑞戴恩跟來時一樣高興輕快地離開。看起來比三個星期前重了三十磅、胸圍多了十二吋。

葛蘭特把剛剛得知的新訊息掛在對面牆上，緊盯著不放。

16

她被監禁起來，與世隔絕。那位有著鍍金頭髮，堅強又貞淑的美女。

為什麼說鍍金呢，葛蘭特第一次這麼想著。八成是白金色；她非常白皙。可惜金髮女郎這個詞已經墮落到幾乎有另外一個意思了。

她被監禁起來，在不會影響任何人的情況下度過餘生。她這一生都波瀾起伏。她跟愛德華的婚姻震撼了英格蘭。她間接造成了沃瑞克身敗名裂。她對家人的關愛在英格蘭創造出一個新的黨派，讓理查無法平和地登上王位。她在北安普頓郡荒野的簡單儀式中嫁給愛德華的時候，就埋下了博斯沃斯戰役的種子。但似乎沒有人怨懟她。連多遭侮蔑的理查也原諒了她家族的惡行。沒有人對她不利——直到亨利出現。

她默默無聞地消失了。伊莉莎白・伍德威爾。王太后，英格蘭王后之母。塔中小王子的母親。理查三世在位的時候，她享盡榮華富貴。

這是慣常模式中非常大的脫軌，不是嗎？

葛蘭特撇開個人歷史，開始用警察的方式思考。他該總結一下這個案子了，整理到可以提出報告的程度。這對寫書的男孩有幫助，而且可以釐清他的思緒。他要黑白分明地列出來。

他伸手拿筆記本和筆，簡潔地寫下：

案件：一四八五年前後，兩個小男孩（威爾斯親王愛德華，約克公爵李察）在倫敦塔失蹤。

他想知道將兩名嫌犯並列比較好，還是應該先後敘述。或許先解決理查比較好。於是他寫下另一個簡潔的標題，然後開始總結：

理查三世

先前紀錄：

良好。在公眾服務方面有絕佳的表現，私生活的名聲也很好。行為特徵：判斷力佳。

與本案的關聯：

（A）他並不能由此獲利，約克家族還有另外九個繼承人，其中三名是男性。

（B）當時並沒有針對他的指控。

（C）男孩們的母親直到他死時都跟他保持良好關係，她的女兒們也參加宮中活動。

（D）他並不畏懼約克家族的繼承人，對他們很慷慨，讓他們都擁有王室領地，生活安逸。

（E）他自己的王位繼承權無庸置疑，議會決議和民意一致認可；男孩們已經失去繼承權，對他不構成威脅。

（F）要是他擔心有人不滿，那他要除去的對象不是兩個小王子，而是在他之後真正的王位繼承人：小沃瑞克。而他自己的兒子死了之後，他就立他為王儲。

亨利七世

先前紀錄：

冒險家，在外國宮廷生活。母親野心勃勃。私生活並無惡聞。沒有官位或公職。行為特徵：精明謹慎。

與本案的關聯：

（A）兩個小王子不在世上對他至為重要。推翻說他們是私生子的法案，就讓他們一個成為英格蘭國王，另一個則是王位繼承人。

（B）他在議會上提出褫奪理查王權的法案中，指控理查專制殘暴等等傳統罪名，但並沒有提到兩個小王子。無可避免的結論是當時兩個小王子還活著，大家都知道他們在哪裡。

（C）小王子的母親在他登基十八個月之後，被剝奪了領地送進修道院。

（D）他立刻鎖定所有其他的王位繼承人，將他們軟禁起來，然後盡量不動聲色地除掉他們。

（E）他沒有資格繼承王位。理查死後，小沃瑞克依法成為英格蘭國王。

葛蘭特在把事實寫下來時，第一次發覺理查本來可以讓他的私生子約翰成為合法繼承人，硬塞給英格蘭的。這種作法並非史無前例。畢竟整個波福特家族（包括亨利的母親在內）只不過是雙重私通下的非婚生產物。沒有什麼能阻止理查讓住在家裡那個「活潑又有教養的孩子」成為合法的繼承人。顯然理查心裡從來沒有過這個念頭。他讓哥哥的孩子成為王位繼承人。即便在他自己悲痛萬分的時候，他仍舊冷靜合理地行事，理智顧家。無論多麼活潑有教養，只要他哥哥的後代還在，出身低的私生子都不能坐上金雀花王朝的王位。

從希希莉陪伴丈夫四處旅行，到她兒子將哥哥喬治之子立為自己的繼承人，這整個故事非常明顯地充滿了家族愛。

他也第一次猛然驚覺家族愛的氛圍強調了理查是無罪的。據說被他像宰小動物一樣殺害的兩個小男孩是愛德華的兒子，他跟他們一定熟識親密。然而對亨利來說，他們只是個象徵而已。他的康莊大道中央的障礙。他甚至可能沒見過他們。撇開所有個性的問題不談，這兩個人誰是嫌犯，幾乎從這一點就可以確定了。

把一切清楚地用（A）（B）（C）列出來真是一目了然。他以前沒有注意到亨利對王權法案的態度有多可疑。要是真如亨利堅稱，理查沒有權利登上王位，那他顯然應該公開宣讀法案，闡釋其中謬誤。但他沒有這麼做。他費盡心思力氣，要讓王權法案從大家的記憶中消失。結論就是理查繼承王位的權利，正如王權法案中所述，無庸置疑。

17

卡瑞戴恩再度出現在醫院病房的那天，葛蘭特已經可以走到窗邊再走回來了，他得意洋洋的樣子，讓侏儒提醒他這種事一歲半的孩子也做得到。但今天沒什麼能讓葛蘭特喪氣。

「妳以為我會在這裡待好幾個月，是吧。」他趾高氣揚地說。

「我們非常高興你恢復得這麼快，」她拘謹地說，然後加上一句：「但是，我們當然也非常高興能收回你的床位。」

她頂著一頭金色鬈髮，穿著漿挺的制服，啪答啪答地沿著走廊離開。

葛蘭特躺在床上，帶著某種接近善意的情感望著他的小牢房。站在極地或聖母峰頂的人的心情，完全比不上一個臥床數星期，重達七十六公斤的累贅的心情。至少葛蘭特這麼覺得。

明天他就要回家了，回家接受汀克太太的寵溺。他每天得在床上躺半天，要撐拐杖才能走路，但他又是自己的主宰了。不用聽任何人使喚，不再接受半品脫效率化身的保護管束，不再讓特大號善意化身操心擔憂。

想起來就讓人雀躍不已。

他已經對著從艾塞克斯出差回來的威廉斯巡佐高唱過三聲萬歲，現在正迫不及待地等瑪塔來看他，好對她孔雀開屏展示他的男子氣概。

「你的歷史書看得如何了？」威廉斯問他。

「好到不能再好。我證明他們都錯了。」

威廉斯露齒一笑。「我覺得這是犯法吧。」他說，「情報局一定不喜歡。可能是叛國罪或大不敬什麼的，現在這年頭可說不準。我要是你的話會小心一點。」

「我這輩子再也不會相信歷史書上寫的東西了，老天助我。」

「你得容許例外才行。」威廉斯用他固執的理論說，「維多利亞女王是真的，我猜朱利亞斯．凱撒確實入侵了不列顛。還有一〇六六年[26]。」

「我開始嚴重懷疑一〇六六年了。你辦完艾塞克斯的案子了吧。犯人是怎樣的人？」

26 一〇六六年，最後一位盎格魯薩克遜王哈洛德二世（Harold，1022~1066），在海斯汀戰役被諾曼第公爵威廉（William I，1028?~1087）擊敗，威廉征服了英格蘭，獲得征服者之名。

「一個徹底的小混蛋。從小就缺乏管教，九歲就偷他媽媽的零錢。十二歲的時候用皮帶好好抽他一頓可能就能救他一命。現在杏花還沒開完他就要被吊死了，今年春天會來得很早。日照的時間長了，過去幾天每天傍晚我都在花園裡幹活。你再度呼吸到新鮮空氣一定會很高興的。」

他面頰紅潤、精神飽滿、神智清明地離開了。一個年輕時被皮帶教訓過的好人正該如此。

葛蘭特渴望他即將回歸的外界能來個訪客，門上響起遲疑的輕敲時他非常高興。

「進來，布藍特！」他愉快地叫道。

布藍特走了進來。

但他不是上次離開時的布藍特。

歡欣鼓舞的氛圍不見了。新生的胸襟氣概不見了。

他不再是開疆闢土的先驅者卡瑞戴恩。

他只是一個高瘦的男孩，穿著鬆垮過大的長大衣。他看起來年輕、震驚又悲傷。

他無精打采踉蹌地走過來，葛蘭特難過地望著他。今天他的大口袋裡沒塞著成疊的紙張。

喔，好吧，葛蘭特充滿哲理地想道，至少曾經有過愉快的時光。這一定會有洩氣的時候。用業餘玩票的方式做嚴肅的研究，無法寄望能順利證明一切。就像不能寄望普通人走進蘇格蘭場，解決專業人士都無法解決的懸案一樣，所以他憑什麼以為自己比歷史學家聰明呢。他原本希望能證明自己對畫像中人的評價是正確的；他希望能抹除自己把犯人當成法官的恥辱。但他得欣然接受自己的錯誤。或許這是他自找的，或許在內心深處，他對自己觀相識人的本事太有信心了。

「哈囉，葛蘭特先生。」

「哈囉，布藍特。」

其實男孩比他更難過。他還在會相信奇蹟的年紀；他還在因為氣球會破而驚愕的年紀。

「你看起來不太高興。」他輕快地對男孩說，「有什麼不對勁吧。」

「一切都不對勁。」

卡瑞戴恩在椅子上坐下，瞪著窗外。

「你不覺得這些該天殺的痲雀很煩嗎？」他焦躁地說。

「怎麼了？你是不是發現了理查死前就有謀殺的傳聞？」

「喔，比那糟多了。」

「書上有記載嗎？還是有信函？」

「完全不是那種事，是非常基本的玩意。我不知道要怎麼跟你開口。」他怒瞪著嘈雜的麻雀。「該天殺的小鳥。現在我永遠不會寫那本書了，葛蘭特先生。」

「為什麼呢，布藍特？」

「因為這根本不是新聞。大家一直都知道。」

「知道？知道什麼？」

「知道理查根本沒有謀殺小王子。」

「他們都**知道**？從什麼時候開始的！」

「喔，知道好幾百年了。」

「伙計，振作一點。那件事發生也不過四百年。」

「我知道，但反正無關緊要。大家都知道理查沒殺人，已經好幾百年了——」

「不要一直哀嚎，好好說話。這個——這個『翻案』是什麼時候開始的？」

「開始？喔，一有機會就開始了。」

「那是什麼時候？」

「一等都鐸下台，可以放心說話的時候。」

「你是說在斯圖亞特王朝？」

「對，我想是吧——是的。一個叫做巴克[27]的傢伙在十七世紀的時候寫了辯明的文章。霍勒斯．渥波爾[28]在十八世紀也寫過。十九世紀有個叫做馬爾肯[29]的也寫過。」

「二十世紀誰寫了？」

「據我所知沒有。」

「那你為什麼不能寫？」

「但這就不一樣了啊，你不明白嗎？這就不是偉大的發現了啊！」他用強調的語氣說。**偉大的發現**。

葛蘭特對他微笑。「喔，別這樣！你不能期待天上掉下**偉大的發現**啊。要是你不能當開路先鋒，那領導聖戰有什麼不對嗎？」

「聖戰嗎？」

「當然。」

27 George Buck，1560~1622，英國古董商，著有《理查三世生平和治世之史》（*History of the Life and Reign of Richard III*）

28 Horace Walpole，1717~1797，英國文學家、政治家，著有《對理查三世生平和治世的歷史疑問》（*Historic Doubts on the Life and Reign of Richard III*）。代表作為「哥德式小說」《奧特蘭托城堡》（*The Castle of Otranto*）。

29 Clements Markham，1830~1916，英國地理學家、作家。著有《理查三世：其生平與性格》（*Richard III: his life and character*）。

「對抗什麼？」

「東尼潘帝。」

男孩臉上漠然的表情消失了。他突然充滿了笑意，好像剛剛看到一個笑話一樣。

「這個名字真是蠢到極點了，不是嗎！」他說。

「要是三百五十年來大家都在說理查並沒有謀殺他的姪子，但是教科書上卻仍然這麼記載，而且沒有任何真憑實據，那我覺得東尼潘帝可領先你太多了。你得快馬加鞭才行。」

「但連渥波爾他們都失敗了，我還能做什麼呢？」

「不是有句老話說滴水穿石嗎？」

「葛蘭特先生，我現在真的覺得自己是一滴小水滴啊。」

「我得說你看起來也像。我沒見過像你這樣自怨自艾的傢伙，這可不是對抗英國大眾的心態。你的立場已經夠不穩了。」

「你的意思是因為我以前沒寫過書嗎？」

「不是，那完全無關緊要。反正大部分人的第一本書都是最好的，因為那是他們最想寫的一本。我的意思是，所有離開學校之後就沒碰過歷史書的人，都會覺得自己有資格對你寫的東西指手劃腳。他們會指責你替理查漂白；『漂白』這個詞比『翻案』難聽多了，所以他們會用漂白。少數人會去查大英百科全書，然後覺得自己可以更進一步。他們會宰掉你而非淩遲你。嚴肅的歷史學家甚至不會注意到你。」

「老天在上，我會讓他們注意到我的！」卡瑞戴恩說。

「對！這才像創建帝國的精神。」

「我們沒有帝國。」卡瑞戴恩提醒他。

「喔，你們有啊，」葛蘭特平穩地說，「你們的帝國跟我們的不同之處，只在於你們一舉用經濟創建了帝國，而我們的帝國則是從世界各處拼湊起來的。你發現自己不是發現新大陸的第一人之前開始寫作了嗎？」

「我寫了兩章。」

「你怎麼處理稿子？沒有丟掉吧？」

「沒有。我差點就把稿子丟進火爐裡了。」

「為什麼沒丟？」

「因為我家只有電爐。」卡瑞戴恩放鬆地伸直長腿，笑了起來。「老兄，我已經覺得好多了。我等不及要教英國大眾一點他們自己的真實歷史。我身上卡瑞戴恩一世的血液沸騰起來啦。」

「聽起來是非常嚴重的熱病。」

「他是最無情的老混蛋。他一開始是個伐木工人，最後擁有一座文藝復興式的城堡、兩艘遊艇，還有一節私人車廂。我是說火車車廂。裡面有圓點花紋的綠色真絲窗簾和木頭鑲版，你得親眼看到才會相信。大家都以為卡瑞戴恩的血統已經淡薄了，連卡瑞戴恩三世也這麼覺得，但現在我完全是卡瑞戴恩一世的化身。我知道那個老傢伙想買一塊森林，但別人跟他說不行的時候他有什麼感覺。老兄，我要大幹一場。」

「很好，」葛蘭特溫和地說，「我很期待你的獻詞。」他從桌上拿起自己的筆記本遞給他。「我以警察的方式整理了一下，或許會對你的結論有幫助。」

卡瑞戴恩接過筆記本，帶著敬意看著。

「撕下來拿走吧。我用不著了。」

「我猜再過一兩個星期，你就會忙著調查真正的案子，沒時間管一個——學術問題了。」卡瑞戴恩略帶感傷地說。

「這是我調查過的最有趣的案子，」葛蘭特真心地說。他瞥向靠在書堆旁的畫像。「你垂頭喪氣地進來時我其實大受打擊，我以為一切都完了。」他再度望著畫像說，「瑪塔覺得他有點像偉大的羅倫佐。她的朋友詹姆斯認為這是聖人的面孔。我的外科醫生覺得他是跛子。威廉斯巡佐認為他看起來像是大法官。但我想護士長的看法或許最接近。」

「她怎麼說？」

「她說這是一張充滿苦難的面孔。」

「沒錯。我想的確是的。而且一點也不奇怪。」

「的確一點也不奇怪。他真的經歷了太多的苦難。他生命中最後兩年發生的事一定像雪崩一般突然又沉重。本來一切都很順利，英格蘭終於穩定下來，人民漸漸淡忘了內戰，堅定的政府用和平敏銳的手段維持國家繁榮。他從米德爾赫姆望向文斯勒德，一定看到了美好的願景。然而在短短的兩年之內他失去了一切——妻子、兒子、他的和平。」

「我知道他至少避開了一件慘事。」

「是什麼？」

「他不知道自己的惡名會流傳百年。」

「是。那會成為壓垮駱駝的最後一根稻草。你知道我個人認為證明理查並沒陰謀篡位最有力的證據是什麼嗎？」

「不知道。是什麼？」

「史迪林頓爆料的時候他得從北方把自己的軍隊調來。要是他事先知道史迪林頓要說什麼，或甚至在史迪林頓的幫助下編造故事，他就會帶著軍隊一起來了。就算不讓軍隊進入倫敦，也會讓他們駐紮在倫敦周圍，以利動員。然而他得先送信到約克，然後跟奈維爾家的表親求助，這證明了史迪林頓的告白完全在他意料之外。」

「對。他帶著少數隨從，以為自己即將攝政。他抵達北安普頓的時候聽說了伍德威爾家的行動，但他並未驚慌失措。他解決了伍德威爾家的兩千人馬，若無其事地抵達倫敦。他以為加冕典禮會照常進行。直到史迪林頓在議會丟下了炸彈，他才召喚自己的軍隊。而且在這種關鍵時刻，他得從遙遠的北方才能調動人馬。你說的當然沒錯，他完全沒料到。」他遲疑地用食指推了一下眼鏡架，提供了自己的意見。「你知道我發現了亨利有罪的有力證據嗎？」

「什麼？」

「謎團。」

「謎團？」

「一切都是謎。遮遮掩掩，瞞天過海。」

「你是說這是他的個性？」

「不是，沒這麼隱諱。你看不出來嗎：理查用不著謎團。但亨利的一切都仰賴兩個小王子下落不明。據說這是理查幹的，但沒人想得出他有什麼理由要這樣偷偷摸摸。這樣做未免太瘋狂了。他不可能以為自己能脫身的，遲早他得為兩個小王子的行蹤負責。他當然覺得自己會一直統治英格蘭。分明有很多簡單的方法，沒人能想出他為什麼要選那種既困難又危險的方式除去他們。他只要叫人悶死兩個小王子，然後說他們得熱病死了，讓全倫敦憑弔他們不幸夭折的遺體就行。這才是他應該會用的手段。老天，理查要殺害小王子的**重點**，就是避免有人支持他們登上王位，而他要從謀殺獲利的話，就該公開他們之死，而且越快越好。要是民眾**不知道**他們死了，他就無法達到目的。但是亨利就不一樣了。亨利**必須**設法除去他們；亨利**必須**偷偷摸摸；亨利**必須**遮掩他們是怎麼死的。亨利的**重點**在於沒有人知道小王子到底發生了什麼事。」

「的確如此，布藍特，確實是這樣。」葛蘭特對著他年輕熱切的面孔微笑。「你應該加入蘇格蘭場的，卡瑞戴恩先生！」

布藍特笑起來。

「我還是對抗東尼潘帝就好，」他說，「我打賭我們不知道的還很多呢。我打賭歷史書裡到處都是。」

「對了，你最好把克弗伯‧奧利芬特爵士一起帶走，」葛蘭特從櫃子裡取出道貌岸然的厚重書籍。「應該有人規定歷史學家在寫作前要先上心理學課程。」

「哼。他們學不到什麼的。對人性動機有興趣的人不會寫歷史。他會寫小說，要不就成為精神科醫生、擔任公職——」

「或是老千。」

「或是老千，要不就去算命。一個瞭解人性的人完全不會想撰寫歷史。歷史就像是玩具兵。」

「別這樣，你是不是太嚴厲了點？歷史是非常有深度有學問的——」

「喔，我不是那個意思。我是說，歷史是在平面上移動小人小馬，這樣想來，就像半吊子的數學。」

「如果是數學的話，就沒有權利加上流言蜚語。」葛蘭特突然尖銳起來。想起聖人摩爾仍讓他火冒三丈。他翻著受人景仰的克弗伯爵士，準備跟他告別。他翻到最後幾頁，手指的動作變慢了，最後停了下來。

「真奇怪，」他說，「他們如此毫不遲疑地稱讚一個人驍勇善戰，雖然這只是傳統的說法，但卻從來沒有人質疑。事實上每一個人都強調這一點。」

「這是敵方的稱讚，」卡瑞戴恩提醒他。「傳統是由敵方寫的敘事歌謠開始的。」

「對，一個在史坦利旗下的傢伙。『理查國王的騎士如是說』。在這裡吧。」他翻過一兩頁，找到了他想要的段落。「那個騎士似乎是『威廉·哈瑞頓爵士（Sir William Harrington，1373~1440）』。」

「偉哉史坦利軍，威猛強悍無人能敵，

您已逗留過久，趁早抽身或可再起。（這些窩裡反的混蛋！）

馬匹準備就緒，榮光有待他日降臨，

您可接受效忠，戴上王冠統領臣民。
『不，我將高戴英格蘭王冠，手持戰斧；
上主造地闢海，我今死也為英格蘭之主。
只要一息尚存，絕不輕言逃亡。』
他言出必行——到死都是君王。」

「『高戴英格蘭王冠』，」卡瑞戴恩沉吟道，「那就是戰後在一個山楂樹叢裡找到的王冠吧。」

「對，應該是戰利品的一部分。」

「我以前都想像是喬治國王加冕時戴的那種華麗複雜的王冠，但那其實好像只是一個金的頭環。」

「對，可以戴在頭盔外面。」

「老天，」卡瑞戴恩突然激動地說，「要是我是亨利，絕對不會想戴那個王冠！我會痛恨到極點！」他沉默了一會兒，然後說：「你知道約克市寫了些什麼嗎？——我是說，關於博斯沃斯戰役的紀錄。」

「不知道。」

「他們寫了：『今日我們的好國王理查慘遭謀害，全市萬分沉重。』」

麻雀的吱喳在一片沉寂中分外響亮。

「完全不是篡位者的訃聞。」最後葛蘭特尖刻地說。

「不是，」卡瑞戴恩說，「不是。『本市萬分沉重』。」他慢慢地重複，在心中反覆咀嚼這個句子。「他們對此非常在乎，就算新王登基，他們前途未卜，還是在正式的紀錄中白紙黑字地寫下了他們認為這是謀殺，而且深感悲痛，」

「或許他們剛剛聽說了國王的遺體遭人侮蔑，覺得難過。」

「是的。想到自己景仰的人赤裸地吊起來示眾，像動物死屍一樣被馬拖著遊街，一定太難受了。」

「就算是敵人也不該得到這種待遇，但是跟亨利和莫爾頓那群人是沒理可講的。」

「哼，莫爾頓！」布藍特咬牙切齒地啐出這個名字，好像要清除嘴裡的怪味。「相信我，莫爾頓死的時候可沒人覺得『沉重』。你知道編年史官怎麼寫他嗎？我是說倫敦的。他說：『同時代各方面都無人能與他匹敵；然而平民大眾對他深惡痛絕，鄙夷不齒。』」

葛蘭特轉頭望著伴隨他度過這許多日夜的那張畫像。

「你知道嗎，」他說，「莫爾頓雖然有許多成就，戴上了樞機主教的帽子，但他跟理查三世的鬥爭還是他輸了。理查雖然戰敗，長久以來遭人誹謗，但他還是勝過莫爾頓。他活著的時候廣受愛戴。」

「這是個不錯的墓誌銘。」

「確實不錯，」葛蘭特說，最後一次闔上奧利芬特。「沒有幾個人能得到更好的。」他把書還給主人。「沒有幾個人贏得這種名聲。」他說。

卡瑞戴恩離開之後，葛蘭特開始收拾桌上的東西，準備明天出院回家。那堆他沒碰過的時髦小說會到醫院的圖書室去取悅除了他之外的讀者。但他要留下那本有高山照片的書，還要記得把亞瑪遜女戰士的兩本歷史書還給她。他把書找出來放在一邊，等她送晚餐來時還給她。他在挖掘出理查的真相之後，第一次再度閱讀記載著理查惡行的教科書。就在這裡，白紙黑字明白寫著這個醜惡的故事。沒有假設沒有懷疑；沒有證據也沒有疑問。

他正要闔上兩本書中比較舊的那本時，瞥見亨利七世的朝代開頭的記載，他讀道：「都鐸王朝既定的一貫政策是排除所有的王位競爭者，特別是在亨利七世時期還活著的約克家繼承人。此舉非常成功，亨利八世剷除了最後一個人。」

他瞪著這個直接的句子。無動於衷地接受了集體謀殺的句子。坦然記載了抹滅整個家族的句子。

理查三世被栽上謀殺兩個小姪子的罪名，他的名字變成了邪惡的代名詞。但亨利七世用「既定的一貫政策」消滅整個家族，卻被視為有遠見的明智之舉。或許不怎麼招人待見，但卻公認仔細又有建設性，而且非常成功。

葛蘭特放棄了。他永遠也沒辦法瞭解歷史。

歷史學家的價值觀跟他所習慣的截然不同，他永遠也沒辦法跟他們溝通。他即將回到蘇格蘭場，在那裡殺人兇手就是殺人兇手，適用於張三的也適用於李四。

他把那兩本書放在一起。亞瑪遜女戰士端著他的肉餅跟燉梅子進來時，他把書還給她，簡單地道謝。他真的非常感激亞瑪遜女戰士，要是她沒有留著小時候的歷史課本，他或許永遠不會踏上探索理查．金雀花真面目的旅程。

他和藹的態度似乎讓她困惑，他想知道自己臥病在床時是不是非常惡劣，讓她以為自己只會口出惡言。這個念頭讓他覺得丟臉。

「你知道嗎，我們會想念你的。」她說，她的一雙大眼看起來像是淚水盈眶。「我們已經習慣你在這裡了。我們甚至連**那個**都習慣了。」她朝畫像的方向拐了拐臂彎。

他心裡浮現一個念頭。

「能麻煩妳替我做一件事嗎？」他問。

「當然。只要我辦得到。」

「妳能把那張畫像拿到窗邊，然後在良好的光線下看個一分鐘嗎？」

「當然可以，如果你希望我這樣的話。但是為什麼呢？」

「不用管為什麼。就讓我高興一下吧。我會替妳計時。」

她把畫像拿到窗邊的光線下。

他望著手錶的秒針。

他給她四十五秒的時間，然後說：「怎麼樣？」她沒有立刻回答，他再度問道：「怎麼樣？」

「真奇怪，」她說，「仔細看看這張面孔其實不壞，對不對？」

時間的女兒
The Daughter of Time

作　　者　約瑟芬・鐵伊
譯　　者　丁世佳
封面設計　吳郁婷
版型設計　黃暐鵬
內文排版　高巧怡
行銷企畫　蕭浩仰、江紫涓
行銷統籌　駱漢琦
業務發行　邱紹溢
營運顧問　郭其彬
責任編輯　吳佳珍、李世翎
總 編 輯　李亞南
出　　版　漫遊者文化事業股份有限公司
地　　址　台北市大同區重慶北路二段88號2樓之6
電　　話　（02）27152022
傳　　真　（02）27152021
服務信箱　service@azothbooks.com
營運統籌　大雁出版基地
地　　址　新北市新店區北新路三段207之3號5樓
電　　話　（02）8913-1005
傳　　真　（02）8913-1056
劃撥帳號　50022001
戶　　名　漫遊者文化事業股份有限公司
二版一刷　2022 年 10 月
二版三刷(1)　2024 年 02 月
定　　價　新台幣320 元

ISBN　978-986-489-701-8

國家圖書館出版品預行編目(CIP)資料

時間的女兒／約瑟芬・鐵伊（Josephine Tey）著；丁世佳 譯
二版. —台北市：漫遊者文化出版：大雁出版基地發行, 2022.10
256 面； 14.8 x 21 公分
譯自：The Daughter of Time
ISBN 978-986-489-701-8（平裝）
873.57　　111014074